小素笑

소소소

진짜 나로 사는 기쁨

小 素 笑

소소소

진짜 나로 사는 기쁨

윤재훈 지음 · 최원석 그림

🌱 나무생각

머리말

小素笑. 10여 년간 우리 집 식탁 벽에 붙어 있던 글자다. 딸아이가 초등학교 3학년 때던가, 선생님이 숙제로 자기 집의 가훈(家訓)을 제출하라고 하였다. 가훈이 있을 턱이 없어서 며칠 동안 아내와 함께 끙끙댄 끝에 마침내 탄생한 문구였다. 어떻게 해서 이 문구를 만들었는지는 기억나지 않지만, 이것을 식탁 옆에 붙여놓은 것을 보면 그때도 꽤 마음에 들었던 것 같다. 프린터로 큼직하게 뽑아서 벽에 붙여놓았었다.

그 후 이사를 하면서 이 가훈을 적은 종이는 사라졌고, 잊혀졌다. 그런데 이번에 이 책을 내면서 제목을 정하느라고 애를 먹고 있었는데, 딸아이가 이 얘기를 듣고는 선뜻 이 문구를 내놓는 것 아닌가. 아마 자신에게 이 문구가 가훈 비슷한 의미가 있었나보다. 새삼스레 이 문구를 곱씹어보니 나름대로 뜻이 있는 것 같다. 오랫동안 이 세 글자를 벽에 붙여놓고 지냈던 것은 우연이 아니라(사실은 10년 이상 도배를 하지 않았던 게으름이 결정적 원인이지만), 우리 집 분위기와 나름 연결되어 있었기 때문 아닐까. 이 책에 실린 어쭙잖은 글들의 밑바닥에 흐르는 공통분모를 나타내는 문구도 될 수 있을 것 같고. 이런 우여곡절 끝에 이제 이 문구가 옛 식탁 벽에서 책 표지로 이사를 하여 세상에 나오게 되었다!

　　이 문구를 제목으로 정하고 사전을 찾으며 글의 뜻을 다시 생각해보았다.

　　小(작을 소). 이는 '적을' 소(少)의 뜻도 갖고 있다. '조심하다'라는 뜻도 있단다. 작게, 적게, 조심스레 마음먹고 행하라는 의미이겠다.

　　素(본디 소). '꾸미거나 덧붙이지 아니하다', '바탕', '질박'의 뜻이다. 아무런 빛깔도 없다는 의미에서 '흰 빛깔'을 뜻하기도 한다. 생긴 대로, 본바탕대로, 꾸미지 않는 마음가짐과 태도를 나타낸다.

　　笑(웃음 소). 이 글자를 파자하면 '대나무(竹)에서 나는 소리(夭)'다. 세상에서 가장 아름다운 것 중 하나가 웃음이다. 웃음은 단순히 웃기는 일이 생겨서 웃는 것이 아니라, 웃을 수 있는 마음이 갖추어졌을 때에야 가능하고, 깊은 데서 터져 나오며, 이때 마음이 아래에서 위로 열린다. 아무리 짧은 웃음도 그 순간 하늘의 느낌을 갖게 한다(너무 짧아서 기억하지 못할지라도).

소소소. 네이버 국어사전에 의하면 이는 순우리말인데 '바람이 아주 부드럽게 부는 모양'을 뜻한다고 한다. 작게, 본디 바탕대로, 웃으며 사는 모습이 바람이 부드럽게 부는 모양과 같지 않을까. 대나무 숲에 바람이 불 때 '소소소' 소리가 나는 것처럼.

우리는 늘 자신에 대하여 너무 무겁게 생각하고, 요구하며 살아가는 듯하다. 우리를 둘러싼 정신적 생태계도 답답한 기운으로 가득 차 있다. 이럴 때일수록 스스로 짐을 가볍게 하고, 자기에게 웃어주는 小素笑의 마음을 가지면 좋겠다. 독자들께서 이 책에 실린 글들을 소소소 읽어주시기 바란다. "천사들이 날 수 있는 것은 스스로를 가볍게 여기기 때문"(체스터튼)이라고 하지 않는가.

윤재윤

2
장

素

세상에 단 하나, 본디 내 모습

**3
장**

笑

웃음, 대나무 숲 바람소리

1장 | 小

작아야, 날아오른다

내 삶의
작은 불꽃

──────── 나는 초등학생 때 거짓말을 아주 잘했다. 동네 만홧가게의 단골이었는데, 아이로서는 만만치 않은 돈이 들었다. 할 수 없이 어머니 지갑에서 돈을 조금씩 빼내기 시작했다. 어머니가 눈치 채지 못하도록 꺼내는 동전과 지폐의 구성까지 신경을 쓸 정도였다. 어머니로부터 만홧가게 출입금지령을 받은 후에는 만홧가게에서 돌아오는 길에 어머니에게 어떤 거짓말을 해서 알리바이를 만들지 고심하였다. 이렇게 만홧가게를 몰래 드나들다보니 어머니 눈치를 살피며 마음이 편치 않았다.

내가 초등학교 다닐 때는 중학교 입시가 있어서 5학년만 되면 본격적으로 시험 준비를 시작했다. 시험을 자주 보았는데 서울 변두리의 초등학교에서는 아이들의 점수를 공개하여 비교시키곤 하였다. 어느 땐가 점수가 아주 나빴는데, 점수표 총계의 끝자리 숫자가 1이어서 이를 7로 고쳐 어머니에게 보여드렸다가 들통 난 적도 있었다. 노느라고 숙제를 못한 날에는 어머니 몰래 사유서를 만들어 어머니 도장을 찍어 선생님에게 버젓이 낸 적도 있었다. 나중에는 더 대담해져서 학교 도서실 직원을 속여 탐나는 책을 들고 나오기도 하였다.

어린이가 성장하면서 거짓말을 하는 것이 심리적 발달 과정의 일부라고 하지만, 내 경우는 이런 수준을 훨씬 뛰어넘은 것이었다. 어쩌다 하는 거짓말이 아니라 자기 필요를 채우는 방편으로 거짓말을 하는 버릇이 생긴 셈이었다. 그래서인지 자신에 대하여 떳떳하지 못한 느낌과 불안을 갖고 있었던 것 같다. 하지만 겉으로는 정상적인 생활을 하여 중학교에 들어갔고 공부도 열심히 하면서 재미있게 지냈다.

중학교 2학년 가을의 일이었다. 미국의 존슨 대통령이 방한하였는데 우리 학교 학생들도 환영 행사에 동원되어 광화문 거리에서 국기를 들고 기다렸다. 그때 무슨 일인지 한 친구와 몸싸움 직전까지 갈 정도로 심한 말다툼을 하였다. 담임선생님이 와서 왜 그러느냐고 물었고, 잠시 뒤 나는 스스로 생각해도 깜짝 놀랄 대답을 하고 말았다.

"애가 옆에 있는 여학생한테 장난을 쳐서 말렸어요."

완전한 거짓말이었다. 어떻게 그런 거짓말을 했는지 모르겠다. 나는 담임선생님의 귀여움을 받는 반장이었고, 그 친구는 말썽꾸러기여서 혼내주어도 된다고 생각한 데다 거리의 들뜬 분위기까지 더해져서 그랬던 것일까. 선생님의 만류로 그 친구와 화해를 하였지만, 그의 황당해하는 표정은 절대로 잊지 못할 것 같았다. 나 자신이 너무나 부끄럽고, 실망스러워서 견딜 수 없었다. 좋은 책도 읽고 모범생으로 지내지만 그런 게 무슨 소용인가? 내 속은 거짓으로 가득 찬 것 같았다. 초등학교 때 저질렀던 거짓된 일까지 떠오르면서 마음이 아주 복잡했다.

우울하고 답답한 심정으로 꽤 여러 날을 보냈던 것 같다. 일요일 아침이었다. 문득 '내가 이렇게 거짓말을 한 이유가 무엇일까?' 하는 의문이 들었다. 곰곰이 생각하니 내가 사람들에게 실제의 나보다 더 잘 보이려고 하는 데 원인이 있었다. 담임선생님에게 더 잘 보이려고 친구에 관하여 거짓말을 했고, 내 점수가 다른 친구 것보다 높아 보이려고 점수를 고친 것 아닌가. 사람들 눈에 들려고 거짓말하는 것이 정말 비겁한 짓이라는 생각이 들었다. 그 순간 거짓말을 하고 살기에는 나 자신이 훨씬 귀한 존재라는 확신이 밀려왔다. 다시는 거짓말을 하며 비겁하게 살지 않겠다고 굳게 마음먹었다.

"내가 행동한 대로 내가 책임지면 된다! 남이 뭐라 하든 어떠냐! 용감하고 떳떳하게 살자!"

나의 두 다리에 힘이 들어가 단단해지면서 땅에 두 발로 굳게 선 느낌이 들었다. 우울하던 기분이 사라지고 빛이 다시 비치는 것 같았다. 그날부터 새로운 마음으로 다시 일어날 수 있었다.

나이가 들어서도 가끔 그날 아침을 생각한다. 그 후에도 여전히 실수나 허영심으로 과장된 말을 하고 후회하는 경우가 있지만, 적어도 고의로 거짓말은 하지 않았던 것 같다.

거짓말을 하기에는 나 자신이 훨씬 귀하다는 느낌이 줄곧 나를 지켜주었다. 누구나 자아에 대한 의심과 불안을 겪는데, 진실과 정직함을 가져야 이 과정에서 성장할 수 있다는 것을 깨달았다.

그 아침에 열네 살의 소년이 어떻게 이런 결심을 할 수 있었는지 알 수 없다. 다만 스스로가 이런 생각과 느낌을 만들 수 없다는 것만은 확실하다. 사람의 깊은 중심에 하늘과 연결된 존귀한 부분이 있는데 내가 여기에 연결되었던 것이라고 짐작할 뿐이다. 하늘에서 어린 소년이 일어나라고 작은 불꽃 하나를 보내준 것 아닐까.

30년 만에
온 편지

─────── 법관으로 일한 지 30년 가까이 되어간다. 많은 사건을 겪고 처리하였는데, 마음에 유독 선명하게 남아 있는 것이 하나 있다. 그것은 사법연수생으로 검사시보를 할 때 사형 집행을 직접 목격한 일이다.

1980년 12월 어느 토요일 아침, 나는 서울구치소 사형장의 찬 공기 속에 서 있었다. 잠시도 견디기 힘들 만큼 무겁고 긴장된 분위기였다. 얼마 후 교도관들이 창백한 얼굴의 청년을 양쪽에서 붙들고 들어왔다. 강도살인죄를 저질렀다고는 믿기 어려운 온순한 얼굴이었는데 떨리는 목소리로 피해자에게 사죄하며, 어머니께 죄송하고 신앙을 전해준 교우들에게 감사한다고 유언했다. 교도관이 얼굴에 가리개를 씌우고 의자에 묶으면서 공포감을 덜어주려고 '할렐루야'를 외치라고 했다. 그 외침은 잠시 후 '덜컹!' 하는 소리와 함께 사라졌다. 한 인간의 생명을 끊는 절차로는 너무나 간단했다.

다음 사형수는 하얀 얼굴의 40대 여인이었다. 남편을 독살한 죄였다. 온몸을 와들와들 떨다가 차분한 목소리로 신앙 고백을 하고 앞의 청년과 비슷한 모습으로 죽음을 맞았다. 마지막 사형수를 기다리는데 갑자기 힘찬 찬송가 소리가 들리는 것 아닌가. 30대 남자가 들어서는데 얼굴이 밝고 씩씩해 보였다. 두려움을 전혀 찾아볼 수 없었고, 삶의 회한이나 죄책감마저 정리한 평화로움까지 느껴졌다. 올가미가 목에 걸린 마지막 순간에도 "저 먼저 갑니다. 안녕히 계세요."라고 말했다.

교도관들이 눈물을 흘리며 흐느꼈다. 세 사람 모두 교도소에서 가톨릭 영세를 받았고, 성품이 바뀌어 새 사람이 되었다고 하였다. 나 역시 눈물을 참을 수 없었다. 그 순간 세 사람은 그 자리에 있는 어느 누구보다도 순결한 사람임이 틀림없었다. 그럼에도 '과거'의 죄 때문에 '현재' 정결한 사람의 생명을 빼앗는 것이 정당한가? 죄와 벌, 죽음, 믿음에 관한 혼란으로 가슴이 터질 듯하였다.

그날의 충격이 너무 커서 나는 오랫동안 이 일을 아무에게도 이야기할 수 없었다. 입을 여는 순간 그 의미가 사라질 것 같아서였다. 20년이 지난 후에야 〈사형장의 세 사람〉이라는 짧은 글을 쓸 수 있었다. 죽음을 코앞에 둔 순간에 잘못을 뉘우치고 피해자에게 사죄하며 심지어는 기쁨까지 표현한 그들의 행동에 관하여 '존엄'이라는 말 외에 달리 표현할 길이 없었다. 그 후 법관이 되어 흉악한 범죄자를 여러 번 재판하였지만 어떤 죄를 저질렀건 인간으로서 존엄하다는 사실을 잊지 않았다.

그런데 작년 말, 모르는 분에게서 편지를 받았다. 40여 년간 교도소의 종교위원으로 봉사하면서 사형수들에게 신앙을 전하고 어머니처럼 돌보아 온 여성이었다. 그녀는 내 수필집 《우는 사람과 함께 울라》에 수록된 〈사형장의 세 사람〉을 읽고 깜짝 놀라서 편지를 썼다고 하였다. 내 글에 "의사의 시신 검사를 끝으로 사형 집행 절차가 끝났다. 구치소 정문을 나서다가 세 사람을 도와주던 가톨릭 신도 여러 명이 기다리는 모습을 보았다. 모두 안타깝고 슬픈 표정이었다."는 부분이 있는데, 그 신도 중에 자신이 있었다는 것이다. 사형 집행 후 세 사람의 시신을 인수하여 장례식을 치러주고서도, 그들이 '어떠한 모습으로 사형장에 들어갔을까?' '어떠한 모습으로 죽었을까?' 걱정을 많이 하였는데 내 글을 보고 이제야 마음이 놓인다고 하였다.

나 역시 놀랐다. 세 사람이 평온하게 죽음을 맞을 수 있었던 배경을 알게 되니 비로소 마음의 빈 칸이 채워지는 것 같았다. 여자 사형수는 세례명이 율리아였고, 유달리 부끄러움을 많이 탔다고 한다. 신앙생활을 열심히 하였으며 강제로 헤어진 외동딸을 보고 싶어 했지만 가족이 거절하였다고도 하였다. 죽은 후에는 파란 죄수복 대신에 흰 옷을 입혀달라고 부탁해서 하얀 수의를 입혀 입관하였다고 하였다. 사형장에서 보았던 그녀의 마지막 표정이 더 또렷해지는 듯했고 가슴이 아려왔다.

나의 글은 그들이 사형당할 때의 마지막 모습을, 그 편지는 그 전후의 사정을 서로 전해줌으로써 세 사람의 이야기가 완성된 셈이다. 그날 구치소 정문에서 그녀와 내가 스쳐갈 때 30년 후 세 사람에 관하여 이러한 이야기를 나누리라고 상상이나 했을까?

아니, 그 편지는 그들을 묻고 돌아온 날 그녀가 미리 마음에 써두었던 것이고, 배달만 30년 후에 된 것 아닐까? 죽음과 영원 앞에서 30년과 하루가 무슨 차이가 있겠는가. 30년 만에 온 편지를 읽으면서 우리 삶의 신비에 새삼 가슴이 뜨거워

졌다. 우리 삶에 상처와 죄와 어두움이 있지만, 동시에 이를 이기는 용서와 치유와 빛이 있다는 것을 알았기에.

법복을
벗으며

─────────── 나는 이틀이 지나면 30년 6개월간 봉직하였던 법관직을 떠난다. 퇴임일이 가까워지면서 30년이란 시간이 얼마나 짧고 덧없는 것인지 실감하고 있다. 법복(法服)을 처음 입고 법정에 들어서던 순간이 어제 일처럼 생생하다. 며칠 전에는 법복을 입고 법정에서 기념 촬영을 하였다. 소매의 올이 풀어진 낡은 법복이지만, 마치 처음 입는 것 같은 느낌이 들었다. 문득 '법관이 왜 법복을 입을까?' 하는 물음이 떠올랐다. 평소에 잊고 지내다가 죽음의 문턱에 서서야 '인생에서 중요한 것이 무엇일까?' 하는 의문을 제기하는 사람들처럼.

** 이 글은 필자가 2012년 2월 춘천법원장에서 퇴임하면서 〈중앙일보〉에 게재한 글이다.

어느 나라나 법관은 법복을 입는다. 법모나 가발까지 쓰는 나라도 있다. 직업상 특별한 복장을 입는 사람은 법관과 성직자 정도뿐인데, 이에는 몇 가지 의미가 있을 것 같다. 첫째는 법관 개인에게 주는 내적 의미이다. 목사가 목에 두르는 하얀 깃은 칼 또는 가위를 상징한다고 한다. 일상적인 자신의 영역을 '자르고 떠나', 성사를 집행하는 의례적인 자기(liturgical self)로 거듭나는 것이다. 마찬가지로 법복은 법관이 자연적, 주관적 자아와 구분하고 스스로 거리를 두는 것을 뜻한다. 법복을 입음으로써 재판에 임할 때 개인적 취향이나 의식을 벗어나 객관적인 입장에 서겠다고 결단하는 것이다.

두 번째는 재판 당사자나 관련자에게 주는 외적 의미이다. 법대(法臺)가 당사자 자리보다 높게 되어 있는 것은 법관 개인을 높이기 위해서가 아니라, 법과 재판에 대한 권위가 필요하기 때문이다. 공동체가 성숙하려면 건전한 권위가 필요하고 이를 키워나가야 한다. 법관이 현명하여서 권위를 갖는 것이 아니라, 법이 사회의 근본 질서로서 존중되어야 하기 때문에 법관에게 권위가 부여되고 법복이 이를 상징하는 것이다.

재판 경험이 쌓일수록 재판이 정말 어렵다는 것을 절감한다. 다투는 당사자 사이에서 진실을 찾고, 가치가 충돌하는 사안에 관하여 정의를 선언하는 일은 본질적으로 인간의 한계를 넘어서는 것 같다. 인간이 참으로 나약하고 부족하며 편향성을 가진 존재이며, 인간이 만든 재판제도 역시 불완전한 것임을 부인할 수 없다. 이러한 부족함과 연약함 때문에 오히려 이를 덮어줄 법복이 필요하다는 역설이 성립하는 것 아닐까.

이런 의미에서 요즈음 법원 안팎에서 일어나고 있는 일들은 걱정스럽기 짝이 없다. "연예인이 사회적 문제에 관하여 SNS를 하듯이, 법관도 같은 방식으로 정치 참여를 할 수 있다"고 말하는 법관이 있다. 법관도 국민의 한 사람으로서 개인적 공간에서 정치적 의견을 표명할 수 있음은 이론상 가능하다. 그러나 운동경기의 심판이 미리 "나는 이 팀을 좋아하고, 저 팀은 싫지만 공정하게 심판을 보겠다."고 말한다면 어떤 결과가 생길까? 아무리 공정하게 심판을 하여도 그는 신뢰받기 어려울 것이다. 동창회 싸움부터 정치적 문제까지 자체 영역에서 해결하지 못하고 법원에 소송이 제기되는 우리 사회에서는 이런 위험성이 더욱 크다. 분쟁에 최종 결론을 내려야 하는 법관이 일반인과 같은 방식으로 행동하겠다는 것은 법복의 의미를 전혀 모르는 것이다.

판결 결과에 불만을 품고 법관의 집을 찾아가 데모를 하는 것, 인터넷에서 주심 법관의 신상 털기를 하는 것은 법관의 독립에 치명적인 피해를 입힌다. 영화 〈부러진 화살〉은 재판의 공정성을 비판한다는 목적을 가졌다지만, 그 작품 자체가 공정성을 완전히 무시하였다는 점에서 차라리 희극적이다. 어느 진보 논객의 지적대로 축구 경기의 특정 부분만 떼어내 편집하여 전체 경기 모습이라고 강변하고 있는 셈이다. 보고 싶은 것만 보는 인간성의 편협함에 절망감까지 든다.

김용담 전 대법관은 '어리석은 법관에게도 독립이 지켜져야 하는가'라는 문제에 이렇게 말한다.

법관의 독립은 법관이 현명하여서 마련된 제도가 아니다. 오히려 법률에만 얽매이는 법관의 어리석음이야말로 법관 독립의 본질인 것이다. 간섭하려는 사람이나 세력은 결과의 정당성이나 정의로움을 들어 간섭의 빌미로 삼아서는 안 되고, 법관은 법관의 독립을 들어 자기 결정의 현명함이나 정의로움을 강변하여서도 안 된다.

법복이 안팎에서 마구 찢기고 있는 요즈음이다. 법복을 벗어 접어 넣으면서 우리 사회에서 법복의 참 의미가 잊히지 않기를 간절히 기원하게 된다.

동내마을에서
만난 평화

─────── 춘천시의 동쪽 끝 부분에 동내면(東內面)
이 있다. 논, 밭, 과수원과 집들이 어울려 있는 조용한 농촌 지
역이다. 아파트 부근을 산보하다가 이름 없는 작은 길을 따라
가다보니 이 마을이 나타났다. 호젓하면서도 아름다운 곳이었
다. 소양호에서 피어난 낮은 구름들이 대룡산 중턱에 걸려 있
고, 푸른빛 금병산이 남쪽에 솟아 있으며, 콸콸 물이 흐르는 시
냇가에서 백로가 물고기를 쪼아 올리고 있었다. 이 정경에 반
하여 그 후 틈만 나면 이곳을 찾게 되었다.

두어 달 전이었다. 그곳에 갔다가 이발관이 보여서 들어

갔다. 허름한 건물에 '금강이발'이라는 글씨가 붙어 있었는데 도시에서는 좀처럼 볼 수 없을 만큼 낡고 작았다. 한참을 기다리니까 이발관 주인이 들어오는데 푸근하면서도 활력이 넘쳐 보이는 할아버지였다. 첫마디가 "마음에 들게 이발할지 모르겠네유."였다. 외지 사람은 이 이발관을 찾지 않는 것 같았다. 그는 75세로, 동네 토박이였고 그 자리에서 50년째 이발관을 해오고 있었다. 국민학교(오늘날 초등학교) 2학년 때 해방을 맞았고 한국전쟁도 겪었으며 농사도 짓는다고 하였다. 옛날에는 미장원이 없어서 여자도 이발관을 다녔고, 남자들도 머리를 자주 깎아서 수입이 괜찮았다고 했다. 옛 풍물을 상세히 기억하고 있어서 재미있었고, 강원도 억양으로 툭툭 던지는 말의 내용이 여간 넉넉한 게 아니었다. 이발하던 시간이 내 일상과 따로 흐르는 듯 신비한 느낌마저 들었다.

　이발관에 두 번째 갈 때는 이야기할 것을 미리 생각하고 갔다. 어떤 사람인지 그의 내면을 조금이라도 알고 싶었다. 비 때문에 농사를 망쳐서 걱정이 되겠다는 말로 이야기를 시작했다. 그와 나눈 대화를 정확히 옮기면 이렇다. "망치면 망친 대로 살면 되지요. 남은 것 가지고 살면 돼요. 걱정할 것 없어요." "그래도 속은 상하시지요?" "속상할 게 뭐 있나요. 망친 건 당초에 내 꺼가 아닌 거요. 아무리 망쳐도 굶어 죽진 않아요." "몸이 아프신 데는 없으세요?" "왜 아픈 데가 없겠어유. 오래됐으니까, 그냥 사는 거지. 심하지는 않아서 참을 만해요." 죽음, 불행, 심지어는 작년의 배추 파동까지 물었다. 그의 대답은 한결같이 시원하고 소탈했다. 배추 문제에 대한 그의 대답은 특히 간명했다. "사람들이 1주일만 김치 안 먹고 참으면 배춧값 오를 일 없었어요. 괜시리 걱정하며 사재기를 해서 그런 거요."

며칠 뒤 그곳으로 또 산보를 갔다. 보슬비가 내리는 저녁의 어스름에 싸인 금병산이 너무 아름다워서 길에 서서 보고 있었다. 길 옆에는 천정이 있는 버스 정거장이 있었는데 긴 의자에 할머니 두 사람이 앉아 있었다. 한 할머니가 나를 보더니 의자의 빈 부분을 툭툭 치며 오라고 손짓하였다. 내가 버스를 기다리는 것으로 알고 비를 피해 들어오라는 뜻 같았다. 작은 손짓이지만 친동기간이라도 부르는 듯한 따뜻함이 느껴졌다. 사람에게 쉽게 다가가는 성격이 못 되는데도 스스럼이 없어졌다. 정거장 의자에 할머니들과 앉아 한참 동안 이야기하였다.

나를 부른 할머니는 92세, 옆의 할머니는 75세였는데 둘이 거의 친구처럼 말을 놓고 있었다. 두 사람 모두 이 마을로 시집 와서 수십 년을 살았다는데 가난, 아들의 죽음 등 고생도 많이 한 것 같았다. 그렇지만 92세 할머니는 눈이 맑고 말도 수줍은 듯 조용히 하였다. 그 곁에 있는 것만으로도 마음이 차분해졌다. 이런 사람은 도대체 어떤 마음을 갖고 살까 호기심이 생겨서 짓궂은 질문을 하였다. "죽는 게 무섭지 않으세요?" "뭐가 무서워? 살다가, 가는 날 가면 되지." "그래도 죽는 게 이상하지 않으세요?" 할머니는 빙긋 웃으며 대답을 하지 않았다.

돌아오면서 오랫동안 느끼지 못하였던 깊은 평화로움을 느꼈다. 그들의 공통점은 자기 삶의 모든 것을 있는 그대로 받아들이는 태도에 있었다. 고난과 불행, 죽음까지도 넉넉하게 대하고 있었다. 자기 자신과 평화롭게 지내는 사람만이 풍기는 기쁨의 향기가 있었다. 삶을 붙들어주는 근원을 깊숙이 보는 지혜가 이런 마음 아닐까. '지혜로운 노인은 세상과 사람들에게 축복'이란 말이 떠올랐다. 이러한 노년이라면 한번 살아볼 만하지 않겠는가. 동내마을에서 우연히 만난 평화가 나에게 새로운 희망을 안겨주고 있다.

누구에게나
신神이 있다

─────────── 얼마 전 지인인 A의 부고를 받고 깜짝 놀
랐다. A는 나보다 두 살 아래로 중견 회사를 경영하고 있었는
데 별명이 '건강 전도사'였다. 건강해야 인생을 제대로 살 수
있다면서 운동을 열심히 하고 섭생에도 각별한 관심을 갖고
있었다. 활력이 넘치고 성품이 쾌활하며 전통문화에 대한 소
양도 높아서 만나면 항상 풍성한 기운을 얻곤 하였다. 빈소에
서 그의 마지막 삶을 듣고 보니 안타까웠다. 그는 몇 년 전 암
에 걸렸고, 이어 전신마비 증세까지 생기자 극심한 우울증에
걸려서 사실상 삶을 포기한 상태였다는 것이다. 그렇게 생기

넘치던 사람이 절망 속에서 떠나다니. 건강과 활력이 그의 삶의 중심이었는데 이것이 사라지자 견디지 못하였던 것 같았다.

A의 죽음을 보면서 이전에 썼던 김명주 변호사가 생각났다. 김 변호사는 암으로 시한부 선고를 받고 2년여 투병하다 세상을 떠났는데 그는 "자신이 이 세상에 태어나 삶을 누린 것 자체가 참으로 감사하다."면서 마지막까지 삶을 긍정하였다. 사람마다 상황이 다르겠지만 자신이 중심으로 믿는 것이 삶의 태도를 결정한다는 점은 차이가 없는 것 같다. 두 사람에게는 죽음 앞에서 삶의 중심이 드러났지만, 일상생활에서도 삶의 중심이 삶의 방향과 내용을 결정하는 것이리라. 신학자 앨버트 놀런은 이러한 삶의 중심이 바로 신이라고 말한다.

누구에게나 신이 있는 법이다. 누구나 무엇인가를 자기 삶의 으뜸으로 삼는 것이 있다는 의미에서 그렇다. 돈, 권력, 위신, 자아, 출세, 사랑 따위. 각자의 삶에서 자기의 의미와 활력의 원천으로 작용하는 무의식적으로나마 적어도 사실상 자기 삶의 최고 가치로 여기는 어떤 것이 있게 마련이다. 누구에게나 신으로 받드는 무엇인가가 있는 법이다.

신에 관한 존재론적 논의에 대비하여, 사람을 실제로 움직이는 근본적인 믿음 체계를 '작용적 신학(operational theology)'이라고 부른다. 누구나 자기 삶을 움직이는 신과 같이 절대적인 힘을 의식하지 못할 뿐이지, 결국 신 없이 사는 사람은 한 명도 없는 셈이다.

돈에 집착하는 사람은 돈을, 성형수술을 여러 차례 한 사람은 외모를, 여러 모임을 허덕이며 쫓아다니는 사람은 인맥을 신으로 삼고 사는 셈이다. 이를 얻으면 신나서 들뜨고, 얻지 못하면 우울해하며 고통받는다. 이를 얻기 위하여 다른 것들을 희생하고 전전긍긍하면서 지내는 것이 우리네 삶의 흔한 모습이다.

평소에는 신을 의식하지 못하고 살지만 중병, 사업 실패 등 삶의 위기가 닥쳐올 때 신이 모습을 드러낸다. 노인들은 쇠약해지는 신체와 삶의 끝을 보면서 자신의 신을 만나게 된다. '지금까지 나의 삶에서 가장 중요하게 여기던 것이 무엇인가?' 자문한다. 이어서 '앞으로 어떤 것을 내 삶에서 가장 중요한 것으로 삼고 살아야 할까?'라는 질문이 따라온다. A는 이 질문을 받고도 '건강과 활력'이라는 오래된 신을 버리지 못하였고, 김명주 변호사는 '삶이 선물'이라고 가르쳐준 신을 새롭게 만났던 것 아닐까.

참된 신(神)은 두 가지 본질을 갖고 있다. 어떤 경우에도 변하지 않는 영속성이 첫째요, 그를 믿고 따를 때 그 열매가 좋은 것이 둘째다. 많은 사람들이 돈, 건강, 체면, 안락을 신으로 삼아 살고 있다. 이들 자체는 삶에 필요하며, 가능하면 노력해서 갖추고 사는 게 좋다. 문제는 이것이 최고의 가치, 신의 위치를 차지할 때 생긴다. 아무리 건강한 사람도 노쇠를 피할 수 없고, 돈으로 해결할 수 없는 일이 정말 많다. 이런 것들은 언젠가 사라지는 유한한 것이기 때문에 이를 절대적인 신으로 받아들이면 절망은 피할 수 없고 단지 언제 그 시간이 오느냐만 문제될 것이다. 또한 돈과 안락함이 삶의 기쁨과 성장을 가져오지 않는다. 오히려 정반대의 결과를 가져오는 경우가 많지 않은가. 이런 것들은 시간이 지나면서 힘이 빠져버리는 거짓 신인 셈이다.

　　나의 신은 무엇인가? 참된 신인가, 거짓 신인가? 나의 신을 믿음으로써 내 생명이 풍성해지는가, 아니면 삶이 불안정하고 어두워지는가? 지금 멈추어 서서 자신을 깊이 살펴볼 일이다.

고난을 어떻게
받아들일까?

━━━━━━━━━ A : 그는 인도의 불가촉천민이었다. 불가
촉천민은 사원에 들어갈 수도 없고 우물에서 물을 떠먹을 수
도 없었다. 사람 취급을 받지 못하는 존재들이었다. 그가 열 살
쯤 되었을 때 초등학교에 입학할 기회가 있었는데 신분이 드
러나 거절당하였다. 실망하여 돌아오는 길에 무엇인가가 그의
속으로 들어오는 것 같았다.

"결국 초등학교 입학이 되지 않았어. 하지만 그때부터 나
자신에 대해 생각하기 시작했던 것 같아. 뭐가 옳고 그른지 결
정할 수 있는 사람이 바로 나 자신이라는 사실을 아는 느낌은

묘했어. 강하고 힘이 넘치는 느낌이었지."

B : 그녀는 산동네 판자촌에 살면서 빈민 운동을 하였다. 같이 일하던 남편은 결혼한 지 6개월 만에 국가보안법 위반죄로 구속되었다. 돈 한 푼 없이, 세상에 홀로 남은 절망감에 울음밖에 나오지 않았다. 그런데 한참 울다보니 이상한 일이 생겼다.

"종일 울다 갑자기 가슴이 뻐근할 정도의 기쁨이 내 안에서 솟아 나옴을 느꼈다."

C : 그는 미국에서 지질 조사를 하던 중 자동차 사고로 목뼈가 부러져 목 아래 전신이 마비되었다. 그러나 6개월 만에 병원을 나와 전동 휠체어를 타고 다시 교수 생활을 시작하였다. 그는 이렇게 말했다.

"지금이 사고 이전의 삶보다 낫다고 느낀다. 이전에는 뻔한 삶을 살았다. 자기를 관리하고 자기만 생각하고 자기 일만 하며 빤히 예측되는 삶을 살았다. 정말 똑똑한 사람은 다른 사람을 위하여 마음 쓰며 산다."

위의 글들은 내가 책이나 신문을 보다가 만난 것들이다.

읽기를 멈추고 한참 동안 생각에 잠겼던 기억이 난다.

A는 인도의 푸네대학교 총장인 나렌드라 자다브의 아버지이다. 그는 끼니를 걱정할 형편이었으면서도 민권 운동에 헌금을 하고 거짓된 일을 거부하면서 올곧게 살았다. 억척같이 투쟁하여 마침내 아들을 초등학교에 입학시켰다.

아들은 열심히 공부하여 경제학 박사 학위를 받았고 인도의 대표적인 지도자로 성장하였다. 아들은 아버지를 회상하는 책을 썼는데, 자신이 성장할 수 있었던 원인을 아버지라고 했다. 아버지로부터 자신을 존중할 줄 아는 태도를 배운 것에서 찾았다.

B는 '부스러기나눔사랑회' 강명순 대표이다. 공중화장실이 몇 개 없어서 아침마다 줄을 길게 서야 하는 빈민촌에서 젊음을 바쳤다. 빈곤과 멸시, 오해 등 견딜 수 없는 일이 많았지만 부스러기나눔사랑회를 만들어 수십 년째 빈곤층 돕기 활동을 하고 있다. 그녀 역시 기쁨의 체험을 한 후에 자신이 변화하였고 계속 일할 수 있었다고 말한다.

C는 서울대학교 이상묵 교수이다. 야심만만한 소장 학자에서 하루아침에 중증 장애인이 되었는데, 어떻게 사고 후의 삶이 이전보다 더 낫다고 말할 수 있을까? 이 말을 들으면서 온몸에 소름이 끼쳤다. 어떻게 그렇게 말할 수 있을까?

그런데 이들을 보면 정말 이상하지 않은가? 이들이 느낀 강한 힘이나 기쁨, 통찰력은 흔히 좋은 일이 있을 때에 느낄 수 있을 것 같은데, 이들은 모두 최악의 상황에서 이러한 변화를 느꼈다는 것이다. 불행한 일, 최악의 고난을 겪을 때 이런 깊은 감정을 느꼈다는 사실이 무엇을 의미할까.

흔히 생각하듯이 안락하고 운 좋고 성공하는 것만이 인생에서 꼭 좋은 것이 아닐 수 있다는 생각이 든다. 이들이 상처 입고 고통받지 않았다면 결코 지금의 모습이 되기는 어려웠을 것이다.

사람은 참으로 고통받을 때 변화가 오고 성장하는 것 같다. 힘든 일을 겪을 때 진짜 중요한 것과 중요하지 않은 것을 구별할 줄 알게 되고 내면의 중심으로 들어가는 것 아닐까. 시시한 껍데기를 벗어버리고 진짜 자기 자신을 대면하며 씨름할 때 성장하는 것이리라. 사람은 대개 어려움을 겪어야 이전의 자신보다 한 차원 높아지는 것이다.

그렇다면 일부러 고난을 찾아갈 필요는 없겠지만, 불가피하게 우리 삶에 찾아오는 고난에 대하여는 좀 더 크게 생각할 필요가 있다. 성장하라고, 더 풍성한 삶을 살라고 부르는 하늘의 손길일 수도 있으니까. 고난은 피하려고 할 것이 아니라, 이를 맞으며 그 숨은 의미를 찾아야 하는 삶의 숙제 아닐까.

루비
브리지스

——————— 수많은 사람이 한 소녀를 둘러싸고 소리를 지르고 있었다. "망할 것, 가만히 안 두겠어."

총을 든 경찰관들이 소녀를 호위하여 간신히 건물로 들여보냈다. 경찰관이 없었다면 생명을 잃거나 심한 폭행을 당하였을 것이다. 그 무렵에 이런 일을 겪다가 생명을 잃은 사람도 여럿 있었다.

1960년 11월 14일 아침 뉴올리언스 프란츠초등학교 앞에서 벌어진 일이다. 미국 남부의 인종 차별 정책의 철폐를 명한 법원의 명령에 따라 흑인 학생이 첫 등교할 때의 장면이다.

백인들은 등교 거부를 의결하여 아이들을 학교에 보내지 않았고 매일 학교 앞에서 시위를 하였다. 이 사태는 1년간 계속되었고 이때 등교한 첫 흑인 학생은 루비 브리지스라는 여섯 살 난 소녀였다. 루비는 매일 폭도들의 위협과 욕설을 들으며 등교할 수밖에 없었다.

흑인들의 민권 운동 과정에서 비슷한 일이 많았지만 루비의 경우는 여느 사건과 다른 면이 있다. 로버트 콜스라는 정신과 의사가 우연히 그곳을 지나다가 작은 소녀가 폭도들 가운데를 침착하게 걸어가는 것을 보고 직업적인 호기심이 발동하였다. 루비 가족을 찾아가 소녀의 정신적 충격을 덜어주도록 상담을 자원하여 가까이 지내게 되었다.

콜스는 나중에 하버드 의대 교수가 되고 퓰리처상을 받은 유명 작가가 되었는데, 그는 루비 가족과의 만남이 자기 삶과 경력을 바꾼 결정적 계기가 되었다고 고백하였다.

루비에게는 특별한 점이 있었다. 학교 선생님이나 콜스는 며칠 못 가서 루비가 무너질 것으로 예상하였다. 워낙 분위기가 험악하고 적대적이어서 어른도 긴장을 견디기 힘든 상황이었다.

하지만 예상이 빗나갔다. 루비는 평온을 잃지 않았다. 루비의 심리 상태가 정신의학 이론에 맞지 않아서 콜스가 고심

하고 있던 어느 날이었다. 경찰관들이 평소처럼 루비를 호위하고 학교로 왔는데, 루비가 욕하는 사람들 앞에 잠시 서서 뭐라고 말하는 것이었다.

루비가 멈추어 서자 사람들이 더 가까이 몰려와 소리를 질러서 경찰관이 총을 꺼내야 할 정도였다. 나중에 콜스가 이 상황에 대하여 루비에게 "누구에게 무슨 말을 했느냐?"라고 물어보자 루비는 이렇게 대답하였다.

"난 사람들에게 말한 게 아니에요. 하나님에게 말했어요. 시위하는 사람들을 위해 기도했어요. 그 사람들에게 기도가 필요하다고 생각하지 않으세요? 예수님이 눈앞에 폭도가 있을 때 그렇게 기도하셨으니까요. '이 사람들을 용서해주소서. 저들은 자신이 하는 일을 모르나이다.' 그래서 저도 그렇게 하는 거예요."

그리고 엄마와 아빠, 할머니도 자기가 그렇게 하기를 바란다고 덧붙였다. 콜스는 충격을 받았다. 생명의 위협과 견디기 어려운 모욕을 받는 상황에서 그런 기도를 하다니! 더구나 루비의 부모는 교육도 받지 못해 글을 읽지 못하는 사람들이었다. 최고의 교육을 받은 엘리트 백인으로서 도저히 이해할 수 없었다.

의학 이론을 뛰어넘는 진정으로 큰 그림과 신비가 있다

는 사실을 생각하지 않을 수 없었다.

그는 루비 가족과 가까워질수록 그들의 신앙이 얼마나 실존적인지 알게 되었고 삶의 신비와 의미를 새롭게 보았다. 그 후 콜스는 다양한 사람을 만나며 삶의 가치와 의미를 밝히는 일에 투신했고, 그가 하버드대학에서 이러한 주제로 한 강의는 수많은 학생에게 깊은 영향을 준 명강의가 되었다.(로버트 콜스,《하버드 문학 강의: 문학의 사회적 성찰》)

몇 년 전 위 책을 읽은 후 '어린이 루비는 어떻게 자라났을까? 어떤 사람이 되었을까?' 궁금해졌다. 이 소녀가 어떤 어른으로 변하였을지 정말 알고 싶었다. 그런데 몇 달 전 잡지 〈내셔널 지오그래픽〉(2015년 1월호)을 보다가 깜짝 놀랐다. 62세가 된 루비 브리지스의 인터뷰 기사가 실린 것이다. 단단한 몸매에 활짝 웃는 사진도 실렸다.

그녀는 루비 브리지스 재단을 설립하여 어린이들에게 사회 정의와 인종 화합을 이끄는 교육을 하는 일을 해왔다고 한다. 그녀는 이렇게 말했다. "부모님은 살아 있는 동안에 변화를 보고 싶다면 행동을 해야 한다는 사실을 알고 있었습니다. 당시 담대하게 희생한 많은 사람이 목숨을 잃었지요. 그 여섯 살짜리 꼬마가 아직도 내 안에 살아 있는 듯해요" 아이들에게 특별한 일을 하도록 영감을 주는 것이 할머니가 된 그녀의 소망

이라고 하였다. 나는 한참 동안 '인생은 정말 살아볼 만한 것'
이라는 생각에 잠기게 되었다.

엄마의
깊은 삶

─────────── 1999년 4월 20일, 콜로라도의 콜럼바인 고등학교 식당에서 학생 2명이 총기를 난사하여 13명을 죽인 사건이 벌어졌다. 범인들은 현장에서 1시간도 안 되어 자살하였다. 사건의 충격은 엄청났다. 이들을 따라 학교 총기 사건이 폭발적으로 늘어났고, 버지니아 공대 총격 사건을 저지른 조승희가 위 사건에서 영감을 받았다고 말하기도 하였다. 평범한 일상에서 비롯된 악에 대하여 모두 할 말을 잃었다.

주범인 에릭은 셰익스피어를 탐독하였으며, 딜런은 수학 영재로 촉망받던 학생이었다. 부모가 교육에 열성적이었고 가족관계와 경제 상태가 모두 안정되어 있었다. 누구도 이런 가정의 18세 학생들이 끔찍한 범행을 저지를 것이라고는 생각할 수 없었다. 범인들에 대한 장기간의 조사로, 에릭은 살해 성향의 사이코패스, 딜런은 자살 성향의 우울증 환자였던 것으로 밝혀졌다. 세상에 대한 극도의 혐오감과 절망감이 세상과 자기 파괴로 이어진 것이었다.

딜런의 어머니 수 클리볼드는 교육행정 관련 사무를 맡고 있던 지적인 여성이었다. 딜런을 정성스럽게 키웠고 아주 가까운 사이였다. 이 사건 이후 그녀는 주민들의 비난과 분노의 대상이 되었고 살해 위협에 시달렸으며, 피해자 가족들에게 거액의 손해배상 소송까지 제기당하였다. 그러나 가장 큰 고통은 "내 아들이 어떻게 이런 짓을 할 수가 있었을까?"라는 의문에 있었다.

그녀는 아들을 이해하기 위하여 필사적으로 관련 책을 읽고 전문가를 만났다. 엄마로서 아들에게 잘못한 많은 일들과 아들이 남긴 파괴에 대하여 단 하루도 격한 죄책감에 휩싸이지 않고 지나가는 날이 없었다. 딜런이 심한 우울증에 시달렸으며, 삶에 대한 욕구와 절망 사이에서 엄청난 고통을 받고 있었다는 사실을 차츰 알게 되었다. 오래전부터 자살을 하려고 하였는데도, 엄마로서 이런 낌새를 전혀 몰랐던 것이다. 그녀의 잘못은 아들을 잘못 교육시킨 것이 아니라, 아들이 절망 상태에 빠져 있었는데 엄마로서 이를 알아차리지 못한 데 있었다! 아들의 우울증을 미리 알아차렸다면 참극을 막을 수 있었다는 것을 깨닫게 되었다. 세상에서는 살인마인 아들이지만, 아들을 이해하는 엄마로서 그 사랑은 어떤 경우라도 양보할 수 없었다.

나는 딜런을 내 아들로 다시 되찾고 싶었다. 일어서서 사람들에게 말하고 싶었다. 딜런이 다치게 하고 죽인 사람들에 대해 내가 무한한 슬픔과 회한을 느끼지만, 그래도 딜런을 사랑한다고 말하고 싶었다. 딜런이 한 행동 때문에 그의 삶이 통째로 무가치한 것이 된다고 생각할 수 없었다. … 나는 영원히 딜런이 한 일에서 벗어나지 못할 것이다. 콜럼바인의 일은 내 존재에서 지울 수 없는 일부가 되었다. 살아남기 위하여 이 새로운 현실 속에서 살아가는 방법을 찾아야 했다. 내 스스로 목숨을 끊는 것 이외에는 세상이 생각하는 것을 바꾸기 위해서는 내가 할 수 있는 일이 없었다. 내가 바랄 수 있는 것은 오로지 예전의 나와 새로운 나를 하나로 합하는 것뿐이었다.

그녀는 마침내 딜런을 위하여 한 가지 일을 하기로 뜻을 세웠다. 자살 충동에 시달릴 정도의 심한 우울증은 뇌의 질병이며 이런 고통은 딜런만의 문제가 아니라, 수많은 청소년들이 앓고 있는 문제인 것이다. 매년 미국의 고등학교에서 총기 살인 사건이 50건 이상 일어나고 있는 현실이 이를 증명한다. 이런 질병에 걸린 청소년들을 구하기 위하여 딜런의 얘기를 하면서 청소년의 정신적 고통을 주변에서 알아주고, 돕기 위한 일이 필요한 것이다. 그녀는 사건이 일어난 지 17년 후 자신의 경험을 담아《나는 가해자의 엄마입니다》라는 책을 펴냈다. 이는 자신과 아들, 그리고 희생자들이 겪은 고통을 의미 있게 하는 것이라는 믿음에서였다.

그 사이 그녀는 극심한 우울증과 공황장애에 시달렸고 유방암에 걸렸으며 사이가 좋던 남편과 이혼하였다. 이런 속에서, 아들을 다시 사랑하고 세상을 위하여 자신을 드러내어 메시지를 전하는 것이다. 운명이 아무리 가혹하더라도 엄마의 사랑은 이길 수 없는 것일까. 고통, 사랑, 그리고 책임. 이 길을 묵묵히 걸어온 엄마의 삶은 그저 깊은 것이라고 말할 수밖에 없다.

악은 어떻게
자라나는가

────────── 그림은 참 신기하다. 한 장의 그림이 정말 많은 것을 말해줄 때가 있다. 어떤 글이나 말보다도 더 많은 것을 느끼게 해주고 전해준다. 《내 심장을 향해 쏴라》라는 책을 읽다가 10살 난 소년이 그린 자화상을 보았다. 손 반 뼘 정도 되는 작은 그림인데, 단아한 건물 앞에 서 있는 소년의 눈길이 정말 따뜻하고 그윽하다. 다가올 삶을 기대하는 듯 조용한 열정과 힘도 느껴진다. 가슴이 뭉클할 정도로 아름다운 그림이었다.

그런데 이 소년은 그 후 어떤 인생을 살았을까? 이 소년,

게리 길모어는 자화상과 정반대의 비극적인 삶을 살았다. 36세 때 감옥에서 출소한 직후 두 사람을 살해한 범죄로 사형 판결을 받았다. 그리고 상소를 포기한 채 즉시 자신에게 사형을 집행할 것을 요구하였다. 그는 미국에서 사형에 관한 격렬한 논란을 일으켰고 결국 4개월 뒤 사형이 집행되었다.

그에게는 10살 아래의 막내 동생이 있었다. 동생은 '형이 왜 이렇게 악하게 되었는가?'라는 의문에 필사적으로 매달렸다. 형에게 있는 악의 뿌리가 자신과 어떤 관계가 있는지 혼란스러웠다. 그는 가족과 형의 생활을 조사한 후에 《내 심장을 향해 쏴라》를 썼다. 이 책은 게리가 어떻게 꿈 많은 소년에서 흉악범으로 변해갔는지를 냉철하게 추적한다. 악의 탄생과 어두움에 대한 엄밀한 보고서로 유례가 없는 책이다.

게리를 악의 길로 몰고 간 근본 뿌리는 아버지의 잔인한 폭력에 있었다. 아버지는 사기꾼이자 알코올중독자였고 성격이 변덕스러워서 기분이 나쁠 때마다 아이들을 가죽 벨트로 때렸다. 아내도 자주 폭행하였다. 집안이 항상 공포와 증오심으로 가득 차 있었다. 이런 분위기와 폭력은 예민한 게리의 정신을 회복하기 어려울 정도로 망가뜨렸다. 계속되는 폭력은 '너는 무가치하다'는 말을 하는 것이고, 자신의 존엄성에 대한 믿음을 무너뜨린다. 사랑을 간절히 원하는 어린 영혼이 잔인한 폭력에 완전히 파괴되어 10대 무렵에 이미 행동 기준에 치명적인 상처를 받았다. 그는 사형 직전까지도 "아버지를 죽이고 싶었다."고 증오하였다.

가정 밖에서도 게리는 도움을 찾을 수 없었다. 그는 죽기 직전에 딱 한 사람을 고마운 사람으로 떠올렸다. 게리가 중학교 때 사고를 내자 그의 부모에게 전화를 하여 걱정해주었던 선생님이었다. 그 작은 일을 평생 기억할 정도로 게리는 외로웠다. 자신에게 관심을 보여준 사람은 아무도 없었고 멸시만 받았다. 자신이 받은 잔인한 대우를 세상에 돌려주는 반항으로 범죄를 저지르기 시작하였다. 좀도둑질이 점점 대담해져서 강도로 이어졌다. 36세에 죽을 때까지 22년을 소년원과 감옥에서 지냈다. 오랜 감옥 생활은 그를 더 사납고 황폐한 인간으로 만들었다.

게리 스스로도 자신을 무너뜨렸다. 원래 명석하고 예술적인 재능이 뛰어났는데, 이런 재능을 갖고 삶을 위하여 투쟁하는 대신에 이를 회피하였다. 그는 항상 쓸데없는 문제를 일으켜 더 고통스러운 상황으로 자신을 몰고 갔다. 그는 세상과 자신을 증오하였고 여러 차례 자살을 시도하였다. 그가 상소를 포기한 것은 뿌리 깊은 자기혐오를 견딜 수 없었기 때문이었다.

악이란 이처럼 삶에 대한 믿음과 사랑을 저버리며 자기를 부정하는 상태를 뜻한다. 게리의 악은 가정에서 생겨나 이웃 사이에서 커지다가, 자신에 이르러 잔혹한 범죄로 폭발하였다. 가냘픈 소년 혼자서는 악과 맞서 싸울 힘이 없었다.

얼마 전 부산에서 여자 중학생을 잔인하게 살해하였던 사건을 보면서 악에 대하여 다시 생각한다. 시간과 장소는 다르지만 악의 형성 과정은 게리의 삶과 닮았다. 범인인 청년이 중학교 때 교실에서 활짝 웃는 사진을 신문에서 보았는데 게리의 자화상과 비슷한 느낌을 준다. 그는 자신이 길에서 주워 온 아이라는 사실을 안 고등학교 때부터 비뚤어지기 시작했다고 한다. 본인의 책임이 절대적이지만, 그를 낳고 버린 생부모, 그를 멸시한 이웃이 그 범죄에 아무런 관련이 없다고 할 수 있을까? 모두가 욕하는 그를 위하여 변호사 수임료를 몰래 내준 사람은 이러한 연민을 가졌을 것이다. 악은 거부당한 사랑의 어두운 얼굴이다. 상처받은 사랑이 악으로 변한다. "범죄자란 폭력으로 남을 해치는 방법 말고는 사랑받고 싶은 욕망을 달리 표현하지 못하는 사람"이라는 나우엔의 말이 가슴에 맴돈다.

우리는 최악의 행동보다
훨씬 가치가 있다

─────── 오래전, 법원에서 형사재판을 담당하고 있을 때 겪은 일이다. 나에게서 징역 3년 6개월의 판결을 선고받았던 피고인이 편지를 보내왔다. 술집에서 만난 여성을 성폭행한 사건이었는데, 피해자와 합의가 있었는지가 불분명하여 유, 무죄를 가리느라고 꽤 고심하였던 사건이었다. 그 여성이 호감을 보인 것은 사실이지만 지나친 강압이 있다고 보여서 유죄가 인정되었다. 전과가 없고 착실한 직장 생활을 하던 사람인데, 술에 취하였다가 잘못을 저지른 것이다.

나는 그에게 형을 선고하면서 '큰 잘못을 하였지만, 원래는 선량한 사람으로 자기 자신을 되찾을 것으로 믿는다'는 취지의 말을 하였던 것 같다. 피고인은 편지에서 '실형을 받았지만 자신을 믿어주고 격려해주어서 교도소에서 희망을 갖고 살게 되었다'고 하였다. 몇 마디 말이 성범죄자가 되었다는 수치심과 모멸감을 벗어나 희망을 주었다니! 법관으로서 이런 경우만큼 보람을 느낄 때는 없다.

소송법상 판결을 선고할 때에 그 이유를 설명하도록 되어 있는데 법관마다 상당히 차이가 난다. 나는 장기간 교도소에서 복역해야 하는 피고인으로서는 그 '형벌(刑罰)의 근거'를 이해할 필요가 있을 것 같아서 자세한 설명을 하곤 하였던 것이다. 이때 피고인에게 하나라도 좋은 점이 발견되면, 꼭 이를 들어서 강조해주었다. 자신의 장점을 하나라도 발견한다면 희망의 싹이 자랄 수 있을 것 같아서였다. 하지만 이런 말이 대부분의 피고인에게는 헛소리로 들렸을 것이다. 판결을 받는 불안한 상태에서 귀에 들어올 리가 없다. 심지어는 중형이 선고되면 독한 눈초리로 노려보는 피고인들도 있었다. 그러나단 한 사람에게도 도움이 된다면 할 만하지 않은가. 나는 이런 선고 방식이 좋은 영향을 미칠 수도 있으리라고 여겼을 뿐, 더이상 깊이 생각해본 적이 없었다. 그런데 얼마 전《월터가 나에게 가르쳐준 것》이란 책을 읽다가 이 방법이 옳다는 것을 말해주는 문장을 만났다.

우리는 우리가 저지른 최악의 행동보다 훨씬 가치가 있는 존재이다. 누군가가 거짓말을 했다고 해서 그 사람이 '단지' 거짓말쟁이인 것만은 아니다. 누군가가 다른 사람의 물건을 훔쳤다고 해서 그가 '단지' 도둑인 것만은 아니다. 설령 다른 사람을 죽였다고 하더라도 그가 '단지' 살인자인 것만은 아니다.

저자인 브라이언 스티븐스는 25년간 흑인, 살인범, 장애인 등 사회적 약자를 무료로 변론해온 흑인 변호사이다. 100명이 넘는 사형수들을 변호하여 무죄를 받거나 감형받도록 하였다. 이 과정에서 변론에 실패하여 여러 명이 사형당하는 모습을 지켜보아야 했다. 살인범이 사형 집행 직전에 그 동안 도와준 것에 진정으로 고마워하면서 떠나는 모습을 보면서 아무리 중범죄자라 하더라도 그 범행이 그의 전부가 아니며, 결코 무가치한 사람이 아니라고 믿게 되었다. 그들은 인간으로서 가치를 믿지 못한 채 죽어갔고, 이들을 다루는 경찰이나 판사도 그들을 무가치한 존재로 여기는 것이 현실이었다. 하지만 그는 범죄자나 그들을 대하는 사람들이나 모두 인간으로서 동일한 결함과 가치를 갖는 연약하고도 귀한 존재임을 확신하였다. "우리에게 가장 중요한 것은 서로에 대한 연민이다!" 그는 이러한 이야기를 하여 TED 강연에서 가장 긴 기립박수를 받는 기록을 세웠다.

우리는 모두 망가진, 즉 부러진 뼈를 가진 존재들이다. 그럼에도 망가진 상태는 우리의 공통된 인간성, 즉 충족감과 의미, 치유를 추구하게 하는 토대이기도 하다. 우리의 공통된 취약성과 불완전성이 우리의 공감 능력을 키워주고 유지시켜주는 것이다.

중한 범죄를 저질렀거나, 큰 실패를 하여 주위 사람들에게 낙인찍힌 사람들이 많다. 하지만 큰 잘못을 저질렀다고 하여 인간으로서 가치가 아주 사라지는 것이 아니다. 우리는 누구나 인간으로서의 깊은 가치를 갖고 있지만, 동시에 부서지기 쉬운 연약한 존재이기도 하다. 그래서 희망을 품고 서로 격려해야 하는 것 아닐까. 내가 선고할 때 피고인에게 하였던 말이 사실은 나를 포함하여 우리 모두 함께 나누고, 확인하고 싶었던 말이라는 것을 뒤늦게 깨달았다.

삶을 바꾼
만남

──────── 2012년 유네스코는 인류가 기념해야 할 인물로 다산 정약용을 선정했다. 그는 사서오경을 연구하는 경학부터 정치, 사법, 과학, 의학, 건축, 음악에 이르기까지 500권이 넘는 방대한 저서를 집필하였다. 그 내용은 한결같이 정밀하고 전문성이 높으며 혁신적이다. 그의 삶 자체도 한 편의 드라마 같다. 그는 정조의 총애를 받으며 출셋길을 달리다가 당쟁으로 40세에 강진으로 유배를 가서 18년을 곤궁하게 지냈다. 유배 중에 아들과 형을 잃는 고통을 겪으면서도 매섭게 정신을 세워 엄청난 학문적 업적을 남겼다. 10년 전 다산 초당

에 간 적이 있었는데 얼마 전 그에 관한 제법 두툼한 책 두 권을 연이어 읽었다.

다산연구소 박석무 이사장이 지은 《다산 정약용 평전》을 먼저 읽었다. 그는 청년 시절부터 40여 년간 다산 연구에 매진해왔다. 민주화 투쟁으로 감옥에 있으면서도 다산을 공부했고, 요즈음도 다산의 글을 하루도 빼놓지 않고 읽는다고 한다. 그가 다산의 책을 저술한 이유는 금방 실행되기를 바라서가 아니라, 훗날 그의 연구가 실천하는 데 꼭 필요한 이론으로 인정받기를 바랐기 때문이라고 말한다. 평생 한 인물을 스승으로 삼아 그리워하는 그가 부럽기 짝이 없다.

위 책에 정민 교수의 《삶을 바꾼 만남》이 인용되어서 곧 이를 구해 읽었다. 강진으로 유배 온 다산을 사람들이 역적이라고 피해서 다산은 간신히 주막집 방 한 칸을 얻어서 지냈다. 호구지책으로 동네의 아전 자식들에게 공부를 가르쳤는데 그 가운데 15세의 황상이 있었다. 그는 자신감이 없는 평범한 소년이었는데 어느 날 스승에게 부끄럽게 말문을 열었다. "제게 세 가지 병통(결점)이 있습니다. 첫째는 둔한 것이요, 둘째는 막힌 것이며, 셋째는 답답한 것입니다." 이에 스승이 대답했다. "배우는 사람에게는 큰 병통이 세 가지 있는데 네게는 그것이 없구나. 첫째는 외우는 데 민첩하면 그 폐단이 소홀한 데 있다.

둘째 글짓기가 날래면 그 폐단이 들뜨는 데 있다. 셋째 깨달음이 재빠르면 그 폐단은 거친 데 있다. 대저 둔한데도 들이파는 사람은 그 구멍이 넓어진다. 막혔다가 터지면 그 흐름이 성대해지지. 답답한데도 연마하는 사람은 그 빛이 반짝반짝 빛나게 된다. 뚫고 틔우고 연마하는 것은 어떻게 해야 할까? 부지런하고 부지런해야 한다.”

1802년 10월 10일의 일이었다. 소년은 그날을 잊지 않고 60여 년 동안 이 말을 가슴에 새기고 지켰다. 그는 벼슬길에 나가지 않고 한촌에서 농사를 지으면서 학문을 연마하였다. 그와 가까이 지내던 다산의 아들 정학연이 감탄하여 그의 글을 서울의 선비들에게 알려서 글 자체만으로 대가로 인정받게 되었다. 추사 김정희가 여러 차례 그의 시골집으로 찾아올 정도였다. 이 만남을 정민 교수는 다음과 같이 쓰고 있다.

소년은 감격했다. 서울에서 오신 하늘같은 선생님이 너도 할 수 있다고, 너라야 할 수 있다고 북돋워준 한마디가 소년의 삶을 온통 뒤흔들어놓았다. 이 한 번의 가르침 이후 소년의 인생이 문득 변했다.

정 교수가 다산과 황상의 관계를 알게 된 과정도 흥미롭

다. 우연히 한 논문에서 다산과 황상에 관한 짧은 글을 읽고서 그 관계를 연구하기 시작하였다. 그 후 10년간 황상 관련 자료를 찾아 헤맸다. 관련된 문헌의 소장자를 물어물어 찾아가 하나씩 만났고, 다산이 황상에게 한 말을 읽을 때마다 가슴이 먹먹했다고 한다. 정 교수는 "청하지도 않았는데 황상이 내 안으로 걸어 들어왔다."라고 말한다.

그렇다면 다산은 어떤 스승을 만났을까? 다산은 퇴계를 만난 것을 이렇게 쓰고 있다.

"이 글을 여러 번 반복해서 읽으면서 나도 모르게 기뻐서 펄쩍 뛰기도 하고 감탄하여 무릎을 치며 감격의 눈물을 펑펑 흘렸다. 이 글에는 솔개가 날아 하늘에 이르고, 물고기가 못에서 뛰는 뜻이 있다."

퇴계, 다산, 황상, 박석무와 정민……. 이들이 시공을 넘어서 연결되어 있는 것 같지 않은가. 그 사이에 맑은 정신의 강물이 흐르고 있는 듯하다.

삶을 바꾼 만남이야말로 복된 것이며, 그 비결은 가슴을 울리는 사람을 간절히 찾고 그리워하는 데 있는 것 아닐까.

클린턴의
돌멩이

─────────── 빌 클린턴이 대통령으로 재임한 지 2년이
지난 1994년 초 큰 위기를 맞았다. 미국의 최대 교역국 중 하
나인 멕시코가 국가부도 상황에 처한 것이다. 페소화 가치가
급락하고, 외환보유고는 바닥이 난 상태여서 돈을 갚을 능력
을 잃었다. 멕시코가 파산하면 불법 이민자가 대량으로 미국
국경을 넘어올 것이고 교역량이 줄어서 미국도 엄청난 피해를
입을 수밖에 없었다. 멕시코를 원조하여 파국을 막는 것이 시
급하였지만, 정치적으로는 매우 위험한 일이었다. 국민들은 이
상황을 이해하지 못하였고, 여론조사 결과 국민의 80%가 멕

시코에 대한 원조를 반대하는 것으로 나타났다. 돈을 빌려주었다가 멕시코가 소생하지 못하면 돈을 잃게 될 뿐 아니라, 대통령 재선의 꿈은 물거품이 될 것이 명백하였다.

그러나 클린턴은 단호하게 멕시코에 280억 달러를 지원한다는 결정을 내렸다. 참모들조차 깜짝 놀랄 만큼 신속하고 대담한 결정이었다. 결국 그의 지원으로 멕시코는 위기를 벗어나 예정보다 3년이나 앞당겨 회생에 성공하였다. 정치 평론가들은 이 결정을 "클린턴 재임 중 가장 인기 없고, 이해받지 못했던, 그러나 가장 중요한 외교 정책 결정"이라고 평가하였다. 그는 이에 관하여 회고록에서 이렇게 말한다.

대통령은 여론조사를 통하여 국민이 무슨 생각을 하는지, 특정한 시점에서 무엇이 가장 설득력 있는 주장인지 알 수 있다. 그러나 여론조사가 도로 먼 곳까지 내다보고 모퉁이까지 살펴야 하는 결정을 좌우할 수 없었다. 국민은 장기적으로 나라에 옳은 일을 하라고 대통령을 고용한 것이다. 멕시코를 돕는 일은 미국에 옳은 일이었다.

클린턴이 치명적 스캔들에도 불구하고 성공한 대통령으로 살아남은 비결은 여론의 실체를 파악하고 이를 벗어나 먼 곳까지 내다볼 줄 아는 안목을 가진 데 있을 것이다. 여론이란 보이는 현상에 주로 영향을 받는 집단적 의식으로서 감정적일 수밖에 없다. 또한 여론은 현재 상태에 경도되기 때문에 사회의 장기적 비전을 형성하지 못한다. 여론이란 사람으로 치자면 수시로 변하는 감정과 같다고 하겠다. 자신의 감정만 들여다보고 있는 사람은 자신의 미래에 대하여 생각할 여유가 없고, 비전을 갖지 못한다. 사람이 제대로 살려면 감정의 변화에 유의하되, 이에 휘둘리지 않고 올바른 판단을 하며 자신의 삶을 가꾸어 나가야 할 것이다. 마찬가지로 사회의 지도자는 여론을 주의 깊게 살피되, 여론을 극복하며 나아가는 비전과 용기를 가져야 한다.

이런 점에서 요즈음 우리 사회는 여론이 지나치게 강조되는 것 같아서 염려된다. 마치 감정이 잔뜩 올라 흥분한 상태에 있는 사람과 같다고 할까. 이번 총선에서도 여론조사가 핵심적인 도구가 되었다. 평상시에도 사회적 이슈가 생기면 냉정한 분석에 앞서 여론조사 결과부터 공표된다. 이러다 보니 정치 지도자들이 국가의 장래에 대하여 소신을 펴기보다는 여론 향배에 따라 눈치를 보며 줄타기를 한다. 몇 년 전에는 정책 결정을 아예 국민 여론조사에 의하여 결정하자는 웃지 못할 제안까지 나왔던 일도 있었다. 여론에 지나치게 민감하게 되면 역사를 내다보면서 국민을 이끄는 '지도자'가 아니라 여론의 눈치만 살피는 근시안의 '아첨꾼'이 될 수밖에 없다.

클린턴은 임기의 마지막 밤을 백악관 집무실에서 작은 돌멩이를 들여다보면서 지냈다. 1969년 닐 암스트롱이 달에서 가져온 돌조각이었다. 참모들이 회의하다 종종 논쟁이 벌어져 흥분하면 그는 이 돌을 가리키며 "이 돌이 보입니까? 이게 36억 년 전에 만들어진 거랍니다. 우리는 모두 잠시 스쳐 지나가는 목숨들일 뿐입니다. 마음 가라앉히고 일을 계속합시다."라고 하였다고 한다. 그는 그 돌 덕분에 "역사를 완전히 다른 관점에서, 긴 안목으로 바라볼 수 있게 되었다."고 말했다.

지도자의 생명은 역사를 의식하며 길게 보는 지혜를 갖고, 또한 여론을 넘어서는 용기를 갖는 데 있다. 자기가 믿는 바를 따르다가 여론에 부딪쳐 희생될 수도 있음을 알고 이를 감수할 각오를 해야 한다. 하지만 우리나라에서 정치 지도자들이 국민 80%의 반대를 무릅쓰고 소신 있는 결정을 할 수 있을까? 요즈음 한창 바쁜 대권주자들에게 한강변에서 잘생긴 돌멩이를 주워서 하나씩 보내주면 좋지 않을까, 실없는 생각을 해본다.

세상에 단 하나, 본디 내 모습

왜 너답게 살지
못하였느냐?

──────── 어릴 때 어머니가 자주 하신 말 중에 'ㅇ
ㅇㅇ는 참 잘났다, △△△는 못났다'라는 말이 있었다. 어머니
가 가장 존경하는 사람은 어머니의 큰아버지였는데, 건장한
체격에 성격이 호방하며 일까지 잘하는 뛰어난 분이었다고 한
다(그분은 한국전쟁 때 피난을 못 가 이북에 남아 계셔서 나는 뵙지 못
했다). 그분을 필두로 하여 어머니는 사람들을 볼 때마다 꼭 품
평을 하셨다. 다른 집 형제들도 대상이었는데 주로 유능하고
남자다운지가 기준이었던 것 같다. 어머니는 생각 없이 느낀
대로 말을 하셨겠지만, 나는 어린 마음에도 위 기준에 따라야

겠다는 압박감을 느꼈던 것 같다. 나는 어머니의 사랑을 듬뿍 받고 자란 편이지만 '내가 어머니 눈에 못 미치면 어떻게 하나?' 은근히 걱정하기도 하였다. '잘나다'라는 말은 사전에 '얼굴이 잘생기고, 똑똑하고, 뛰어나다'라고 되어 있다. 용모나 능력이 출중한 사람을 뜻하는데 이런 사람이 되기가 얼마나 어렵겠는가. 어머니는 당시 불안정한 상황에서 아이들이 큰아버지처럼 강하고 유능한 사람이 되기를 바라는 마음으로 이런 말을 하셨을 것이다.

어머니의 이런 기준은 내 마음속에 내면화되었고, 이로 인하여 남몰래 적지 않은 어려움을 겪어야 했다. 명문 학교를 들어가니까 똑똑해 보이는 아이가 많아서 도저히 내가 잘났다는 느낌을 가질 수 없었다. 지금도 입학식 날 잔뜩 위축되었던 내 모습이 선명하게 기억날 정도이다. 이런 기분은 10대 시절에는 상당히 컸고, 점차 나아지기는 했지만 대학교 이후에도 쉽게 사라지지 않았다.

그런데 사회생활을 하면서 '잘난 사람' 문제가 나만의 것이 아니라 사람들의 보편적인 문제임을 알게 되었다. 특히 우리 사회는 학력, 재력, 용모를 비교하는 습성이 전 세계에서 유례를 찾을 수 없을 만큼 극심하다. 엄청난 사교육, 최고의 빈도를 나타내는 성형 수술, 자기를 과시하는 내용으로 가득 찬 소셜 미디어(SNS) 등은 '잘난 사람'에 대한 욕구가 병적으로 강하다는 사실을 보여준다.

몇 년 전 종교 지도자 한 분과 식사를 한 적이 있다. 존경받는 원로여서 가르침을 받을 생각에 큰 기대를 하였다. 그러나 이야기를 할수록 실망감이 커졌다. 그는 자신이 이루어놓은 '큰일'을 여러 번 거론했고, 얼굴에는 자기의 능력과 명예를 자랑스러워하는 의기양양함만이 가득하였다. 오랜 수행을 해온 종교인조차 이 문제에서 벗어나지 못하고 있는 것 같아 씁쓸했다.

이 문제를 벗어난 생생한 실례는 전혀 예상하지 못한 곳에서 만났다. 4살 된 손자와 2살 된 손녀가 주인공이다. 아이들이 웃고 울고 말하고 떼쓰는 모습을 보면 "이 세상에 나와 같은 존재는 나뿐이다!"라고 외치는 것 같다. 아이에게는 그 아이만의 특유한 무엇이 있다. 아무런 일을 하지 않는데도 존재감과 자유로움이 넘쳐 나온다. 타고난 존재 자체로서의 존엄함! 천상천하유아독존(天上天下唯我獨尊)의 의미가 바로 이것 아닐까. 이 아이들이 커서 얼마나 공부를 잘할지, 유능할지 알 수 없지만 그 존귀함에는 아무런 영향이 없지 않은가.

이렇게 귀한 아이들이 자라나면서 가정과 학교에서 잘나야 한다는 기준을 강요받으며 자기가 얼마나 귀한 존재인지를 잊어버린다. 자신의 정체성이 외적인 조건에 의하여 규정되면서 자기 존중감을 잃어버린다. 종교와 철학이 가르쳐주는 것은 사람은 그 존재 자체로서 이미 존귀하고, 우리의 정체성은 자신의 능력이나 업적에 있지 않다는 사실이다.

지혜의 사람으로 알려진 유대인 랍비 주즈야가 한 말이다.

내가 죽어서 신에게 돌아갈 때, 신은 나에게 '왜 너는 모세 같은 사람이 되지 못하였느냐?'라고 묻지 않고 '왜 너는 주즈야답게 살지 못하였느냐?'라고 물을 것이다.

위대한 인물이 아니라 자기 자신이 되라는 것이다. '잘남'이 아니라 '나다움'이 중요하다. 사회는 업적과 결과로 사람을 규정지으므로 이러한 분위기에 대항하고 거리를 두어야 한다. 어렵고 시간이 걸리겠지만 누구나 내적으로 자신만의 정체성을 새롭게 할 방법을 찾아야 하지 않을까. 나답게 사는 것이야말로 온전한 삶의 출발점이기 때문에.

황금 양털을
찾아서

─────── 사람은 누구나 희로애락의 감정을 느끼며 산다. 그런데 감정을 곰곰이 살펴보면 그 깊이와 질이 상당히 다른 경우가 많다. 예를 들어보자. 좋은 일이 생기고 편하면 누구나 행복하다고 생각한다. 이때 느끼는 행복감에는 차원이 다른 두 종류가 있다.

안락함과 기쁨이 그것이다. 안락함은 편하고 기분이 좋은 느낌인데, 기쁨은 그보다 훨씬 강하고 깊은 희열감을 준다. 안락함은 누구나 조건만 되면 느낄 수 있지만, 기쁨은 환경이나 조건에 관계없이 준비된 사람에게서만 터져 나온다. 안락함은 시간이 지나면 사라지지만, 기쁨은 시간이 지나도 삶의 자원으로 남아서 진정한 힘이 된다.

다른 사람에게 칭찬받을 때도 마찬가지다. 멋진 성공을 하면 기분이 좋고 흥분되지만, 무엇인가 불안한 거리낌이 있고 허무감마저 들 때가 있다. 반면에 누가 알아주지 않아도 스스로 자기 행위에 대하여 진정으로 인정할 때는 거리낌 없는 만족감을 느낀다. 아마도 진실이라는 힘이 만족감에 영향을 주는 것이리라.

이러한 차이를 어떻게 받아들여야 할까.

깊은 감정은 삶의 중심, 본연의 자아와 연결되어 나오는 것이고, 약한 감정은 자아의 표피에서 맴돌다 나오기 때문 아닐까. 즉 중심으로 사느냐, 표피적으로 사느냐의 문제인 것이다. 전자는 힘이 들더라도 자기 중심에 들어가 실존적인 자기 결단을 통해 사는 삶이며, 후자는 자기 중심을 피한 채 막연히 주위의 다른 사람들을 따라 사는 것이다. 자기의 중심을 떠나 사는 사람은 이리저리 흘러서 떠다니며, 호기심과 잡다한 일로 생활을 채운다. 어떤 일에서건 힘겨운 자기 결단을 회피한다. 이러한 태도의 차이가 삶의 성장을 결정한다. 중심으로 살면 생활에서 겪는 여러 경험이 계속적으로 이어지고 통합되면서 내면의 성장이 이루어진다. 표피적으로 살면 경험이 파편

화되고 분열되며, 아무리 외적으로 크고 다양한 일을 하더라도 내면적으로 빈약한 삶밖에 살지 못한다.

따라서 어느 문화권에서나 삶의 중심을 중요한 가치로 여겨왔다. 만다라는 산스크리트어로 '원'이라는 뜻인데, 불교에서는 이를 만물의 중심으로 신성시한다. 나바호 인디언은 병자가 생기면 모래로 만다라처럼 원형을 만들고 그 가운데 눕혀놓는다. 우주의 힘으로 병을 치유하는 것이다. 서양 중세에는 '운명의 수레바퀴'라는 개념이 있었다. 굴러가는 수레바퀴에서 바퀴의 테나 바퀴살을 잡고 있으면 끊임없이 흔들리는데, 바퀴의 중심인 가운데 축을 잡고 있으면 어떤 경우에도 흔들리지 않는다는 것이다. 자신의 삶에서 이렇게 중심을 잡고 살아야 운명의 주인이 될 수 있다는 의미다.

그러면 어떻게 해야 중심으로 살 수 있을까? 신화학자 엘리아데의 말이 해답이 될 것이다.

중심으로 가는 길은 어려운 길이며 황금 양털, 황금 사과, 생명의 약초를 찾기 위한 영웅들의 위험투성이 여행이다. 미궁에서의 방황, 자기 자신으로 가는, 자기 존재의 중심으로 가는 길은 정말 고통스럽다. 그 길은 힘들고 위험투성이인데, 그 까닭은 그것이 사실상 세속에서 신성함으로, 덧없는 착각으로부터 영원하고 실재하는 것으로, 죽음에서 삶으로, 인간에서 신으로 옮아가는 통과의레이기 때문이다.

얼마 전 런던 금융가에 유쾌하지만 의미심장한 소동이 일어났다. 영국 성공회의 최고 수장인 캔터베리 대주교가 20세부터 35세의 젊은 은행가들에게 파격적인 제안을 하였다. 그들이 하던 일을 중단하고 12개월간 수도원에서 철학을 연구하고 기도하며 봉사 활동을 해보라는 것이다. "1년간 자아와 삶의 동기, 신학적 인간론, 공동선에의 헌신, 가난한 이들을 위한 봉사 등 문제에 깊이 침잠하다 보면 진정 삶이 바뀌는 경험을 하게 될 것이다."라고.

그는 명문가 출신으로 석유 회사의 회계 책임자까지 지냈을 정도로 경제에 일가견이 있는 사람이기에 울림이 더욱 크다. 세계 금융의 수도인 런던 금융가에서, 맹렬하게 일할 나이인 엘리트 청년들에게 자그마치 1년이란 장기간의 수도 생활을 제안하는 것은 놀랍기 짝이 없다. 이 제안은 한마디로 '자기중심으로 들어가는 훈련을 먼저 하고, 그 뒤에 일을 하라'는 것이다.

1년치 연봉과 경력 손해를 감수하며 수도원에 들어갈 사람이 얼마나 될지 자못 흥미롭다. 하지만 중심으로 사는 법을 배운다면 그 정도의 손해는 감수할 가치가 충분하지 않을까.
피상적으로 사는 것만큼 인생에서 손해 보는 일은 없을 테니
말이다.

진짜로
살아가기

─────── 2015년에 에세나 오닐이라는 19세의 호주 소녀가 세계적인 화제를 불러일으킨 적이 있다. 자신의 SNS에 화려한 패션과 날씬한 몸매의 사진을 올려 80만 명의 팔로워(특정인의 SNS를 구독하는 사람)를 가진 SNS 스타였는데 갑자기 계정에 있던 사진을 모두 지워버렸다. 이어서 그녀는 맨얼굴로 눈물을 흘리면서 고백하였다. "멋지게 보이려고 한 주에 50시간씩 사진을 찍었고, 팔로워가 늘어날 때마다 더 많은 사람의 관심을 갈구하게 됐다. 매일 내가 얼마나 근사한지 증명해야 하는 강박증에 시달렸다. 모든 것을 가졌지만 비참

했다. 그동안 나는 가짜였다." 그녀는 계정 이름을 'SNS는 진짜 삶이 아니다'라고 바꾸었고 소셜 미디어의 폐해를 막는 데 힘쓰겠다고 선언하였다.

그녀의 고백에 많은 사람이 공감하면서 SNS가 얼마나 허구적인 것인지 새삼 생각하게 되었다. 그녀는 SNS 스타로서의 삶이 가짜라고 하였고, 진짜 삶을 살기 위하여 이를 포기한다고 밝혔다. 19세 소녀가 이렇듯 자기 삶의 허위성을 통렬히 깨닫고 결심을 했다는 점이 놀라웠다. 그런데 이 사건은 단순히 소셜 미디어의 허구성 문제에 그치는 게 아닌 것 같다. 내 삶이 가짜라고 느끼는 일이 SNS에서만 있겠는가. 우리 삶 자체가 '진짜냐, 가짜냐'라는 근원적 문제를 품고 있다.

20세기를 대표하는 실존철학자 하이데거는 삶을 '본질적인 삶'과 '비본질적인 삶'으로 나누었다. 비본질적인 삶은 자기 생각 없이 막연히 세상 사람들의 풍조를 따르며 사는 가짜 삶을 뜻한다. 남과 같이 행하면 편하므로 아무런 자기 결단 없이, 책임도 떠맡지 않고 피상적으로 사는 삶이다. 이들은 "끊임없이 날아다니며 남에 대한 호기심과 잡담으로 인생을 보낸다." 수십 년 전의 글인데도 요즈음 소셜 미디어로 지새우는 현대인의 삶과 정확히 겹친다. 이런 사람은 자신에게서 멀어지고 삶의 차원이 낮아지고 무기력과 절망에 빠질 수밖에 없다.

반면에 진짜 삶, 본질적인 삶은 실존적인 자기 결단을 통해서 사는 삶이며 다른 사람을 좇지 않는 주체적인 삶이다. 주인공과 구경꾼, 실체와 이미지, 정직과 회피, 깊게 사는 것과 건성건성 사는 것, 모험과 안락이 두 종류 삶의 차이다.

우리 대부분은 무기력과 불안감에 시달린다. 작은 일에도 두려워하고 초조해하며 생기를 잃고 산다. 하이데거가 예견한 대로 많은 사람이 자기의 삶이 아닌 가짜 삶을 살고 있다. 치열해지는 경쟁과 돈의 위세, 정보 혁명 등 삶의 상황이 이전과 완전히 바뀌어서 자기만의 신념을 갖고 사는 것이 훨씬 어려워졌다. 현대를 사는 사람이 진짜로 산다고 느끼는 것은 여간 어려운 일이 아닌 듯하다.

하지만 역설적으로 이런 상황을 이겨낼 수 있는 방법은 진짜로 사는 길뿐인 것 같다. 진짜로 사는 것은 정직한 마음으로 자신을 속이지 않는 것이다. 늘 떳떳한 마음을 가져야 자신에게 변화가 일어나고 성장하게 된다. 자기가 가짜라는 느낌을 가지면 아무리 애써도 변화되지 않는다. 외적 경험을 많이 하더라도 자신에 대한 떳떳함이 없으면 자신의 성장으로 연결되지 않는다. 또한 자기에게 정직한 사람만이 참된 힘을 가지고 강해질 수 있다. 자기가 가짜로 산다는 느낌을 갖고 있으면 결코 강건해지지 않는다. 무기력에 빠지는 가장 큰 원인은 자기가 가짜라고 느끼기 때문이다. 정직함과 떳떳함이 없다면 결코 행복한 삶을 누릴 수 없는 것이다.

다산 정약용이 유배지에서 고향에 있는 두 아들에게 편지를 보내면서 진짜 삶의 원리를 간절한 마음으로 가르쳤다.

마음가짐을 털끝만큼도 가린 곳이 없도록 가져야 한다. 무릇 하늘이나 사람에게 부끄러운 짓을 아예 저지르지 않는다면 자연히 마음이 넓어지고 몸이 안정되어 호연지기(浩然之氣)가 저절로 우러나올 것이다. 만약 포목 몇 자, 동전 몇 닢 정도의 사소한 것에 잠깐이라도 양심을 저버린 일이 있다면 이것이 기상(氣像)을 쭈그러들게 하여 정신적으로 위축을 받게 되니, 너희는 정말로 주의하여라.

다산과 하이데기, 에세나 오닐은 모두 같은 말을 하고 있지 않은가. 진짜로 살기 위해서는 항상 정직하고 용감하게 애써야 한다고.

말은 정말
힘이 세다

—————— 텔레비전에서 재미있는 장면을 본 적이 있다. 젊은이들을 두 그룹으로 나누어 한 그룹에게는 '황혼', '은퇴', '외로움' 등 노인에 관한 단어 30개를, 다른 그룹에게는 '운동', '기쁨' 등 젊음에 관한 단어를 주어 각자 문장을 만들게 하였다. 그 뒤 이들이 방송국에서 나갈 때 걷는 속도를 측정하였더니 앞 그룹은 들어올 때 걸음보다 평균 2초가 늦어졌고, 뒤 그룹은 반대로 2초 정도 빨라진 모습을 보였다. 물론 대상자들에게 실험 목적이나 걸음 속도를 측정한다는 사실을 알려주지 않았다. 전문가는 이런 결과에 대하여 각 단어가 뇌에 실

제 자극을 주어 행동에까지 영향을 준 것이라고 설명하였다.

그뿐 아니다. 말은 사물에도 놀라운 영향을 준다. 콩나물을 두 그릇에 나누어 담고 한쪽에는 매일 "사랑해."라고 말해주고, 다른 쪽에는 매일 "미워."라고 말해주었다. 2주가 지나니 전자가 후자보다 배 가까이 풍성한 모습을 보였다. 감자나 양파로 실험을 해도 같은 결과가 나왔다. 아이들과 함께 이런 실험을 하는 가정이 많은데 모두 놀라워하는 것 같다.

이런 결과는 무엇을 뜻하는가? 말이 사람의 의사를 전달하는 단순한 기호 체계가 아니라, 그 자체로 창조적 힘을 갖고 있다는 사실을 보여준다. 말은 단순히 행동의 이전 단계에 그치는 것이 아니라, 말이야말로 인간에게 가장 독특하고 중요한 것이다. 구체적으로 표현된 말이 삶을 창조하는 힘을 가진다는 사실을 지적하는 언어철학이 현대에 각광받는 이유도 여기에 있다.

얼마 전 비극적인 사건이 벌어졌다. 50대 아파트 경비원이 70대 노인에게 심한 모욕을 당하자 분을 못 이겨 스스로 목숨을 끊었다. 얼마나 심한 말을 들었기에 그랬을까? 모욕하는 말에 경비원이 견딜 수 없는 상처를 받고 자기 비하감을 억제할 수 없었던 것 아닐까. 가해자는 자기 말이 생명을 해칠 수 있다는 사실을 알지 못하였을 것이다.

재판장으로 법정에서 사건을 심리할 때 상대방의 말에 감정이 격해지는 당사자들을 많이 보았다. 얼굴이 벌게질 정도로 격분하는 사람을 보면 그 사건을 마지막 사건으로 돌려 법정이 조용해진 다음에 다시 진행하였다. 이때 당사자들에게 "말의 초점을 상대방을 비난하는 데 두지 말고 자기 입장에서 하고 싶은 말만 하라."라고 부탁하면 차분하게 변론이 진행되고 훨씬 편해지는 경우가 많았다. 말하는 방법만 바꿨는데도 그 효과는 완전히 달라진 것이다.

나는 20여 년 전 읽은 짧은 구절 하나를 마음 깊이 간직해오고 있다. 책 이름과 저자는 기억 못하지만 나의 생활에 가장 큰 영향을 준 말이다.

"좋은 말은 진실한 말, 따뜻한 말, 필요한 말."

이 말을 지침으로 삼아 내가 과연 제대로 말을 하고 있는지 살피곤 한다. 하지만 이를 지키기가 여간 어려운 것이 아니다. 진실함은 수시로 깨진다. 심각한 거짓말은 아니지만 쓸데없이 과장되거나 부정확한 말을 하곤 한다. 생각이 다르거나 괜히 싫은 사람에게 친절한 말을 하는 것이 쉽지 않다. 간결하고 효과적인 말 대신 장황하게 불필요한 말을 하는 것도 고질인 듯하다. 말을 줄이면 잘못이 줄어드는데(《논어》), 이를 자꾸 잊는다.

좋은 말의 정반대가 남에 대한 험담이다. 험담을 하는 것은 인간 본성의 한 측면인 듯하다. 하지만 이런 말은 허위, 미움, 과장으로 가득 차 있다. 나쁜 말을 하면 나쁜 힘에 사로잡혀 어두워질 수밖에 없다. 험담은 자기의 마음이 불편하다는 것을 고백하는 것이며, 사람됨의 수준을 나타내는 지표인 것이다. 인터넷에 악플을 다는 사람은 자기가 어떤 사람인지 곰곰이 생각해볼 필요가 있다.

말은 정말로 힘이 세다. 어떻게 다루느냐에 따라 축복이 될 수도 있고 재앙이 될 수도 있다. 집을 따뜻하게 하는 불이 잘못 쓰면 집을 홀랑 태우는 것과 같은 이치다. "함부로 하는 말은 칼과 같고, 지혜로운 말은 약과 같다."《구약성경》〈잠언〉에 나오는 구절이다. 긍정과 생명, 부정과 어두움의 어느 쪽 힘을 갖게 될지는 우리가 어떤 말을 하느냐에 달려 있다. 이러고 보면 좋은 말을 하는 것은 가히 예술의 경지요, 지혜의 영역이라고 하겠다. 나는 살면서 가장 노력해야 할 것은 건강관리나 재테크가 아니라 말의 훈련이라고 믿고 있다.

별에서 온
우리

─────── 지금 30대 중반인 큰딸이 초등학교 1학년 때였다. 어느 날 밤 딸아이 방에서 불도 켜지 않고 한참 동안 이야기를 나누었다. 딸이 과학 만화책을 열심히 보아서 천체와 지구에 관한 호기심이 가득하였다.

엄청 심각하게 말하는 모습이 귀여워 갑자기 장난기가 발동했다. "지구가 돌아가는 소리를 듣고 싶지 않니?" "정말? 그 소리가 들려?" "그럼! 조용히 하고 귀를 기울여보렴. 윙 하는 소리가 들릴 거야." 우리는 숨소리를 죽인 채 한참 동안 가만히 있었다. 정말로 귓가에서 윙 소리가 들리는 것 같았다. 조용할 때 이명 비슷하게 들리는 소리를 지구 돌아가는 소리로 믿은 딸은 무척이나 신기해하였다.

흥분한 딸의 모습에 나는 차마 농담이라는 말을 하지 못했다. 하지만 그날 밤 어두움 속에서 딸과 보낸 그 시간은 소중한 기억으로 남았다. 얼마 전에 딸도 그날 밤을 가장 소중한 추억의 하나로 여기고 있다고 해서 깜짝 놀랐다. 한참 후에야 내 말이 농담인 것을 알았지만, 그때 느꼈던 감동은 근본적이고 깊어서 잊을 수 없다는 것이다. 아이에게도 존재의 근원에 대한 뿌리 깊은 의문과 신비감이 있기 때문일 것이다.

누구나 어릴 때 한두 번쯤 하늘을 올려다보면서 우주에 대하여 의문을 느낀 적이 있을 것이다. 우주에 끝이 있을 것이고, 끝이 있으면 그 너머에는 무엇이 있을까? 그다음에는 또 무엇이 있을까? 이런 생각을 하다가 마음이 막막하고 답답해지곤 하였다.

그런데 얼마 전부터 이 물음이 다시 내 마음에 찾아왔다. 도대체 이 우주는 어떻게 생겨났고, 나는 어디서 왔을까? 깊은 밤 높이 뜬 달을 볼 때, 저녁 하늘을 붉게 물들이는 장엄한 노을을 보면서 이 물음이 되살아났다. 이 물음에 대한 해답이 정말 알고 싶어졌다. 일반 과학책을 읽어보았지만 이해가 잘 안 되어서 아예 중학교 과학 만화책 전집을 사서 읽기 시작했다.

물리학과 생물학이 우주의 생성과 생명의 탄생에 관하여 엄청난 사실을 밝혀놓고 있어서 읽을수록 놀라웠다.

과학이 우주의 나이가 정확히 137억 년이라고 맞추고 있으니 얼마나 신기한가! 우주에서 우리가 보거나 측정할 수 있는 물질은 5퍼센트에 불과하고 나머지는 볼 수도 없고 알 수도 없는 암흑 물질과 암흑 에너지로 구성되어 있다고 한다. 보이는 것만이 실재라고 믿고 살아온 현대인에게 과학이 밝힌 새로운 사실은 종교적 차원의 충격을 주는 것이다.

우주의 생성에 관하여 간단히 정리해보자. 137억 년 전 대폭발이 일어났다. 이 순간 빛이 생기고, 핵자에서 물질 입자가 생기고, 가스로 되었다가 물질과 에너지가 결합되어 농축되면서 별이 생겨났다. 별들이 다시 폭발하여 그 물질들이 뭉쳐져서 45억 년 전에 태양이 생겨났고 주위를 돌던 부스러기들이 합쳐져 지구 등 행성이 만들어졌다. 지구에서는 10억 년이 지난 후 원시 박테리아가 생겨나 광합성 작용을 하여 산소가 많아졌고, 다시 20억 년이 지난 후 다세포 생물이 탄생했다. 이어 삼엽충, 식물, 공룡, 포유류가 차례로 나타나다가 300만 년 전 유인원이 나왔고, 마침내 10만 년 전에 호모사피엔스가 태어났다. 무기물에서 생명체인 세포가 탄생할 확률은 10의 1,000제곱분의 1이라고 하니 생명의 탄생 역시 우주의 탄생 못지않게 엄청난 기적에 해당한다. 광합성이나 호흡, 혈액 등 생명 현상도 알게 될수록 너무나 오묘하여 이를 모른 채 사는 것이 미안할 정도이다.

결국 지구와 우리 몸을 포함하여 이 세상에 존재하는 모든 것은 우주 빅뱅 때 터져 나온 빛과 물질로 이루어진 것이다. 빛이 에너지로, 원소로, 분자로, 생명체로 바뀌어온 과정은 입을 다물기 힘들 정도로 놀랍기만 하다. 우주 탄생의 기적적 확률에, 또 다시 생명 탄생의 기적적 확률이 더해져야 가능한 일이다!

> 빅뱅 1초 후에 만들어진 원소는 우리 한 사람 한 사람 안에, 별의 부스러기로 만들어진 우리 몸의 세포 안에 존재한다. 의식을 하든 하지 않든 우리가 그 별을 몸에 지니고 있다는 것은 부모의 디엔에이를 지닌 것만큼이나 분명한 사실이다.
>
> 하랄트 레슈

우리는 우주 태초에 생겨난 원소들로 이루어진 존재이다. 내 몸의 세포를 이루는 원자들이 아주 먼 은하의 별이었을지도 모른다. 이러고 보면 인기 드라마 〈별에서 온 그대〉의 도민준만 별에서 온 것이 아니다. 우리 모두 별에서 온 존재들이다. 우리가 우주인이라는 사실을 믿는다면 우리도 도민준 못지않게 멋지고 특별한 삶을 살 수 있지 않을까. 그리고 딸과 같이 들었던 윙 소리가 진짜로 지구가 돌아가는 소리일지도 모르겠다는 생각이 들기도 하는 요즈음이다.

결코
늦은 때는 없다

──────── 그는 2007년 2월 28일 두 번째 수술을 받았다. 그러나 이미 암세포가 내장에 완전히 퍼져 있어서 아무런 처치를 할 수 없었다. 3개월 전 대장 1미터 정도를 제거하고 인공항문 수술을 받았는데 이제는 더 이상 희망이 없었다. 그는 65세였고, 헤모글로빈 수치가 정상인의 절반도 안 될 정도로 쇠약한 상태였다. 그는 남은 시간에 무엇을 할지 결심해야 했다. 화학요법은 받지 않기로 하였고, 이미 유언장도 마련해놓았다. 그는 정원사로 48년을 살아오면서 제일 하고 싶었던 일이 '유럽 장거리 걷기 여행'이라는 생각을 떠올렸다. 이것

은 스웨덴에서 로마까지 이어진, 강과 숲과 산이 연결된 길이
다. 산티아고처럼 유명한 길이 아니어서 찾는 사람이 별로 없
었다.

아내는 반대했으나 그는 간절히 떠나고 싶었다. 얼마 남
지 않은 삶을 이전과 똑같은 상태로 지내고 싶지 않았다. 새로
운 곳을 보고, 새로운 것을 느끼고 싶었다. 세 딸이 찬성하자
아내도 마음을 바꿨다. 수술 후 한 달이 지난 3월 29일, 그는
집을 나섰다. 독일 최북단 쿠퍼밀레에서 로마까지의 걷기 여
정을 시작한 것이다. 돈이 모자라 여관 대신에 텐트를 치고 야
영을 해야 했다.

가장 어려운 것은 인공항문이었다. 인공항문 주머니를
이삼일마다 갈아야 하는데, 이것을 밖으로 꺼내고 피부를 세
척액으로 닦은 뒤 다시 부착해야 했다. 그 장비만 해도 10킬로
그램이 넘었다. 여행 중 그 주머니가 터져서 악취를 풍긴 적도
여러 차례 있었다.

텐트, 매트리스, 침낭, 병원 치료 기록 등 짐 무게가 30킬
로그램 가까이 되었다. 앞뒤로 배낭 두 개를 메고 하루에 25킬
로미터씩 걸었다.

표지판도, 여행자를 위한 시설도 거의 없어서 길을 잃기
일쑤였다. 무거운 짐 때문에 굴러 넘어지기도 하였고, 무릎이

아파서 병원을 찾아 진통제 주사를 맞기도 하였다. 엄습하는 격심한 복부 통증에도 숲과 황야를 지나고 40도가 넘는 무더위도 이기고 걸었다.

기다시피 걸어간 때도 있었고, 너무 지치면 값싼 여인숙에 들러 쉬기도 하였다. 포기할 마음이 들었다가도 신기하게 새로운 힘을 얻어 계속 걸을 수 있었다.

마침내 그는 166일을 걸어 로마에 도착하였다. 말기 암 환자의 몸으로 3,350킬로미터를 걸어간 것이다. 이것은 독일인 쿠르트 파이페가 실제로 겪은 일이다. 그는 이 여행담을 《천천히 걸어, 희망으로》라는 책으로 펴냈다. 그는 여행을 통하여 삶과 세상을 새롭게 보게 되었고 자신도 완전히 바뀌었다고 증언하고 있다. 세상이 나빠졌다고 하지만 허름한 여행자에게 친절하고 마음을 다하여 도와주려는 선량한 사람이 훨씬 많았다고 말한다. 아무도 없는 황야에서 잠이 깨어 별빛 밝은 하늘을 올려다보다가 깊은 깨달음을 얻은 밤을 '다이아몬드의 밤'이라 부르고 있다.

이날 밤, 나는 몸 세포 하나하나가 전 우주와 일체를 이루고 있다는 기분에 휩싸였다. 광활한 하늘 아래 있으면서 집에서처럼 편안했고, 이 순간의 말할 수 없는 아름다움과 숭고함 때문인지 어느 결에 눈물을 흘렸다. 여러 날이 지난 후, 이날 밤이 여행의 진정한 시작이었음을 깨달았다. 이 시점부터 그저 마냥 기능하며 돌아가던 사람에서 또렷한 의식을 가지고 체험하는 사람으로 바뀌었다. 단순 명료함 속에서 비밀스러운 베일을 벗은 삶의 진정한 모습을 알게 되었다.

이 여행을 이겨낸 그의 의지와 용기도 대단하지만, 나에게 더 감동을 주는 것은 이를 감행하기로 마음먹은 그의 첫 결심이다. 인공항문을 단 환자가 3,000킬로미터를 걷겠다고 나서다니! 삶의 마지막 단계에서도 자신이 바라는 것이 무엇인지 확인하고 새로운 출발을 한다는 것이 정말 놀랍지 않은가. 그는 머뭇거리는 우리에게 이렇게 충고한다.

어떤 상태라도 자신이 원하는 것을 과감히 하라. 마음의 목소리를 따르면 누구나 자신에게 옳은 길을 찾을 수 있다.

언제라도, 어떤 환경에서라도 마음만 먹으면 새롭게 출발하고 행동하고 변화할 수 있는 것이다. 삶에서 결코 늦은 때란 없다.

〈스타워즈〉,
우리 자신의 이야기

─────── 요즈음 〈스타워즈: 깨어난 포스〉 개봉을 둘러싸고 영화 팬들의 흥분이 대단하다.

1977년 첫 번째 영화 〈새로운 희망〉을 시작으로 〈스타워즈〉는 2005년까지 여섯 편이 제작되었고 10년 만에 신작이 나온 것이다. 미국에서 영화 예매를 시작한 첫날, 우리 돈으로 70억 원어치가 팔려 신기록을 세웠고, 임종을 앞둔 암 환자의 소원이라고 하여 감독이 편집 전 영화를 보여주었다고 한다. 어떻게 오락 영화 하나가 40년 가까이 이처럼 인기를 끌 수 있을까? 무엇이 사람들을 열광하게 만드는 것일까?

여러 가지 요인이 있겠지만 결정적인 해답은 제작자인 조지 루카스의 말에서 찾을 수 있을 듯하다. 그는 "〈스타워즈〉의 스토리(이야기) 구성부터 밑에 깔린 철학까지 모두 조지프 캠벨에게서 영감을 얻었다."라고 말했다. 조지프 캠벨이 누구인가? 그는 세계 각지의 신화를 연구한 신화학자다. 평생 동안 연구한 결과 수많은 신화의 배경과 주인공, 주제가 엄청나게 다양하지만, 어느 것이건 근본적인 구조는 동일하다는 점을 발견하였다. 오디세우스든 헤라클레스든 반드시 영웅적인 모험을 벌이는데 그 모험이 놀라울 정도로 동일한 패턴을 갖고 있다는 것이다. 즉 신화의 주인공은 출발-투쟁-귀환의 삼단계를 거친다고 한다.

첫째 단계인 출발 과정에서 주인공은 평범한 일상생활을 하던 중 모험의 부름을 받는다. 두려워서 소명을 회피하거나 거부하다가, 정신적 스승을 만나 격려를 받아 마침내 결심을 하고 안전한 고향을 떠난다.

둘째 단계인 투쟁 과정에서는 어둠의 심연을 통과해야 한다. 시련을 겪으면서 자신의 힘을 새롭게 발견하고 때로는 적에게 패하여 쓰러지기도 한다. 친구를 만나 우정이 깊어지며 절망적인 상황에서는 초월적인 존재의 도움을 받기도 하면서 끝까지 견뎌낸다.

셋째 단계에서는 동굴 깊은 곳에서 보물을 발견한 뒤 탈출해 돌아온다. 모험을 하면서 주인공은 인격이 변화하여 참된 힘을 얻고 자유로운 존재가 되며 고향 사람들에게 갖고 온 보물인 영약을 나누어준다. 즉 평범한 생활을 하던 사람이 시련을 겪으며 분투하여 영웅이 되는 것이다.

〈스타워즈〉는 위 신화의 구조에 딱 들어맞는다. 루크 스카이워커는 농사를 짓던 소심한 청년이었는데 우연한 일에 휘말려 독재자에 대항하는 반란군에 가담하게 되고(출발), 온갖 고난을 이겨내면서(투쟁), 마침내 제다이로 변신해 반란군을 승리로 이끈다(귀환). 반면 다스 베이더는 뛰어난 사람이었는데 차츰 탐욕으로 인하여 악에 빠져서 자기 얼굴조차 없는 로봇과 같은 존재로 변하게 된다. 모험 대신에 권력을 좇은 결과가 생명이 꺼져버린 존재로 전락한 것임을 보여준다.

〈스타워즈〉 시리즈가 엄청난 흡입력을 가진 것은 신화적 구조가 탄탄한 스토리로 전개되면서 사람들의 깊은 곳을 건드려서일 것이다. 평범한 생활을 하던 사람이 영웅이 되는 것, 온갖 위기와 고통을 이겨내어 정신적으로 새롭게 변화하는 모습에서 뜨거운 감동을 받는 것이 우리의 본래 심성인 것이다.

그런데 캠벨이 말하고자 하는 것은 학문이나 영화 이야기가 아니다. 우리 누구나 영웅의 과정을 거칠 수 있다는 것이다. 사람마다 삶의 상황은 다르겠지만 그 과정의 뼈대는 동일하므로 용기를 내어 영웅적 삶을 살아보라는 것이다.

실제로 캠벨 자신이 그렇게 살았다. 대공황 시기에 취직을 포기하고 숲에 들어가 5년간 책만 읽었다. 아르바이트를 해서 번 돈으로 버티며 최저 생활을 하였다. 장래가 어찌 될지 모르면서 이런 생활을 하는 것은 명백한 모험이었을 것이다. 그래서 그의 말에 더 힘이 있는 것 같다.

우리는 스스로가 계획해두었던 삶을 기꺼이 내팽개칠 수 있어야만 한다. 그래야만 우리를 기다리는 다른 삶을 살 수 있을 것이니까. 낡은 껍질을 벗어던져야만 새로운 껍질이 나오기 때문이다. 영웅적인 삶은 '각자의 모험'을 실행하는 것이다.

결국 〈스타워즈〉는 우리 자신의 이야기이며, 루크 스카이워커는 우리의 한 부분인 셈이다. 우리 속에 예로부터 내려온 신화의 힘이 흐르고 있는 것이다.

인간에게만
있는 것

──────── 알파고와 이세돌의 바둑 대국은 훗날 역사책에 2000년대의 중요한 사건 중 하나로 기록될지도 모르겠다. 알파고는 인공지능의 엄청난 능력을 생생하게 보여주었다. 이제 인공지능이 어디까지 발전할지, 장차 어떤 일이 벌어질지에 관심이 쏠리고 있다.

그런데 나는 알파고를 보면서 오히려 인간에 대하여 다시 생각하게 되었다. 인공지능이 인간의 지능을 앞서게 되었으니 인간은 어떤 점에서 인공지능을 뛰어넘을 수 있을까? 이 세상에서 인간에게만 있는 것은 무엇일까? 감정일까? 인공지능은 감정이 없지만, 개나 돌고래에게 감정이 있으므로 이것은 답이 아니다.

아래와 같은 예를 생각해보자. 인공지능을 장착한 자율주행차가 한 사람을 태우고 도로를 달리던 중 갑자기 세 명의 어린이가 앞으로 튀어나왔다.

도로 양쪽은 낭떠러지라서 그대로 달리면 어린이들이 죽게 되고, 운전대를 꺾어 이들을 피한다면 탑승자가 낭떠러지로 떨어진다. 자율주행차는 어떤 판단을 할 것인가? '최소 피해'를 판단 기준으로 프로그래밍하면 자동차는 낭떠러지를 향해야 하는데 이런 희생적인 선택을 하는 차를 누가 타겠는가?

그렇다고 무조건 탑승자를 보호하라고 입력할 수도 없는 것이다. 이처럼 이해관계가 엇갈리는 경우에 인공지능이 어떤 판단을 하도록 할지가 어려운 문제이다. 사람이 운전을 한다면 스스로 판단할 것이므로 이런 윤리적 문제는 없다. 아무리 고도의 지능을 쌓아도 가치와 의미를 선택하는 도덕적 판단은 인공지능이 스스로 할 수 없는 것이다.

인간은 어떨까? 예일대학에서 실험을 하였다. 10개월 된 영아들에게 세 개의 인형이 나오는 인형극을 보여주었다. A 인형이 끙끙대며 언덕을 올라가는데 B 인형은 A를 도와 뒤에서 밀어주었고, C 인형은 언덕 꼭대기에 있다가 올라오는

A 인형을 비탈로 밀어 떨어지게 하였다. B 인형은 도우미 역할을, C 인형은 방해꾼 역할을 한 것이다. 유사한 실험을 더 한 후에 아기들 앞에 B와 C 인형을 놓아주면서 만지게 하였다. 어떻게 되었을까? 우연의 확률을 훨씬 뛰어넘는 비율로 많은 아기들이 B 인형에 손을 뻗었다. 아무런 도덕 교육을 받지 않은 아기들이 착한 대상을 더 원한 것이다. 연구자들은 "남을 돕거나 해를 끼치는 등의 개념을 아기들이 이미 이해하고 있으며 이는 학습에 의한 것이 아니다."라고 결론 맺었다.

놀랍게도 뇌 과학자들도 유사한 결론을 내렸다. 사람을 자기공명영상 장치 스캐너에 집어넣고 범죄, 자선 행위 등 도덕적 의미와 관련된 사진을 보여주니 감정 처리를 하는 뇌 부위가 곧바로 활성화되었다. 반면 도덕적 의미가 없는 사진에는 별 반응이 없었다.

이처럼 최근 여러 연구에 의하여 인간은 도덕적 직관을 타고난다는 사실이 밝혀지고 있다. 결국 복잡한 철학이나 종교적 교리는 인간의 도덕적 직관 능력을 기초로 하여 발전해 온 셈이다.

어떤 일들은 그냥 해서는 안 되고, 어떤 일들은 그냥 반드시 해야만 한다. 이 사실을 우리는 강력한 느낌을 통해, 그것의

분명하고 확신에 찬 어조를 통해 안다. 그러나 이 느낌을 합리적으로 설명할 방법이 없어서 우리는 창의성이 뛰어난 몇몇 철학자의 힘을 빌려 이성에 호소할 수 있는 이야기를 만들어내는 것이다.

철학자 조슈아 그린

따라서 알파고의 지능이 아무리 높더라도 도덕적 판단에 관한 한 10개월 된 영아를 따라갈 수 없는 것이다. 무엇이 옳은지, 선한지, 의미가 있는지에 관하여는 인간만이 직관을 갖고 있다.

이런 생각은 인간을 이해하는 근본적인 문제와 연결된다. 인간의 역사에는 두 가지 입장이 계속 대립되어왔다. 인간은 우연히 생겨난 동물에 불과하며, 가치나 도덕은 사회생활을 편리하게 하기 위하여 만들어낸 허구라는 입장과, 인간의 삶에는 의미가 있으며 가치와 도덕은 실체적인 것이라는 입장이 그것이다. 인간에게 도덕적 직관이 있다는 사실은 후자의 근거가 될 수 있지 않을까.

차갑고 어둡고 광막한 우주, 그 한구석의 작은 행성에서 벌어지고 있는 알파고 사건을 보면서 '인간이 왜 올바르고 착하게 살아야 하는지' 한 번 더 생각하게 된다.

겨울 숲길에서
생긴 일

─────── 지난 연말에 며칠 동안 아내와 함께 충주호 근처의 조용한 동네에서 지냈다. 마침 가까운 곳에 '자드락길'이라고 이름 붙인 숲길이 몇 개 있어서 하루에 하나씩 걷기로 하였다. 첫날, 차를 몰고 솔숲으로 갔는데 숲에 가까이 갈수록 길이 좁아져서 나중에는 차 한대만 간신히 지날 정도였다. 워낙 외진 곳이어서 주차장도 따로 없었다. 길가에 차를 조심스레 세우고 숲길을 한참 걷는데 반대편에서 내려오는 사람이 있었다. 우리 부부보다 나이가 더 들어 보이는 부부로, 모두 스틱을 들고 있었다. 서로 가볍게 목례를 하고 지나쳤다. 새소

리만 간간이 들리는, 눈 쌓인 적막한 겨울 숲길을 걷는 기분은 정말 환상적이었다.

두 시간여 걸은 뒤 되돌아왔는데 차를 본 순간 깜짝 놀랐다. 운전석 쪽 차체에 직선으로 굵은 줄이 길게 나 있는 것 아닌가! 줄 가운데 두어 곳에는 흠까지 깊이 패어 있었다. 누군가 일부러 뾰족한 것으로 눌러서 그은 게 틀림없었다. 외진 곳인데 누가 이런 짓을 했을까? 산에서 마주쳤던 부부가 저지른 짓임이 분명했다. 그들 외에는 만난 사람이 없고, 그들은 스틱을 들고 있지 않았던가. 참기 어려울 정도로 화가 치밀었다. 아무런 이해관계도 없는데 왜 이런 짓을 했을까? 깨끗하게 닦인 새 차에 대한 시기심 때문일까? 다른 사람에 관한 말을 별로 하지 않는 아내도 흥분하여 어쩔 줄 몰라 하였다. 당장 그들 뒤를 쫓아가 잡고 싶었다.

휴가 기분은 엉망이 되었고 시간이 지나면서 당초 느꼈던 분노는 절망감으로 바뀌었다. 이런 행동의 밑바닥에 있는 악의까지 서늘하게 느껴졌다. 이런 행위가 일어나는 우리 사회는 어떻게 될 것인가? 암울한 마음을 떨치기 어려웠다.

다음 날 모처럼의 휴가를 망칠 수 없어서 불쾌한 일을 잊기로 하였다. 호수를 도는 길로 차를 몰다가 호젓한 산길로 접어들었다. 한참 가다 보니 어제 주차하였던 곳이 다시 나오는

게 아닌가. 어제와 반대 방향에서 간 것이었다. 할 수 없이 어제 지났던 좁은 도로를 조심스레 내려갔는데, 갑자기 차에서 '쿵쿵' 소리가 났다. 차량이 거의 다니지 않아서 길가에 나뭇가지들이 삐죽 나와 있었는데, 이 가지들이 차체에 부딪쳐서 나는 소리였다.

이때 번쩍, 한 가지 생각이 스쳤다. 어제 이 길을 올라오다가 지금보다 훨씬 크게 '쿵' 소리가 난 적이 있었는데 그때는 길바닥에 떨어진 나뭇가지를 차의 바퀴가 밟는 소리로 생각했다. '어제도 차체가 당연히 나뭇가지에 부딪쳤을 것 아닌가?' 차를 세우고 차에 난 흠을 찬찬히 살펴보았다. 흠이 일직선으로 길게 생긴 것으로 보아 사람이 일부러 그렇게 하기는 쉽지 않아 보였다.

범인은 나뭇가지였다! 어제 숲길에 차를 세울 때 미처 이것을 못 본 것 같았다. 표현하기 어려울 정도로 머쓱한 기분이었고, 제대로 알지도 못하면서 그 부부를 비난한 우리가 서로 부끄러웠다. 하지만 한편으로 깊은 안도감이 밀려왔다. '그럼 그렇지! 어제 만난 그 부부가 그렇게 나쁜 사람일 리가 없지! 그렇게 보이지 않았어. 우리나라 사람들이 그 정도로 나쁘지는 않아!'

휴가에서 돌아오자마자 전문가에게 차를 보이고 흠집의

원인이 무엇인지 확인해보았다. 역시 예상대로였다. 스틱으로 인하여 난 흠이 아니라는 것이었다. 스틱이었다면 색깔이 조금이라도 남아야 하는데 이 흠에는 색이 전혀 묻어 있지 않다는 것이었다.

아! 사람은 얼마나 쉽게 오해하는가. 얼마나 함부로 남을 판단하는가. 얼마나 자기중심적인가. 둘째 날 그 길을 다시 가지 않았다면 나는 내내 그 부부를 비난하며 우리 사회의 저급함을 한탄하였을 것이다. 내가 둘째 날 들었던 '쿵쿵' 소리가 첫날 났던 '쿵' 소리를 생각나게 하여 나의 오해를 풀어준 것이다. 우리가 판단하고 행동한 것 중에 오해에서 비롯된 것이 얼마나 많을까? 오해라고는 꿈에도 생각하지 못한 채 다른 사람에게 섭섭해 하고 비난하는 것이 불행과 다툼의 원인 중 하나 아닐까. 겨울 숲길에서 들었던 작은 소리가 나의 굳은 사고방식을 새롭게 점검해보라고 속삭이는 듯하다.

고통도
자산이다

─────────── 지난 봄에 야간 인문학 강의 프로그램에 등록하였다. 모두 30여 개의 강의를 들었는데 그중에서 가장 감동을 받은 강의는 C교수의 《도덕경》강의였다. 그의 강의에는 다른 강의에서 볼 수 없는 특별한 점이 하나 있었다. 자신이 생활에서 겪은 어려움을 《도덕경》의 가르침에 직접 적용하여 설명한 것이다. 힘든 유학 생활을 마치고 귀국했으나 돈이 5,000만 원밖에 없어서 학교에서 아주 먼 곳에 집을 얻을 수밖에 없었고, 계속하여 전세금이 올라 집 장만을 포기하였다는 것이다. 네 식구를 거느린 40대 중반의 가장으로 어려움이 적

지 않았을 것이다. 그렇지만 그가 겪은 이러한 고통의 체험이 《도덕경》을 생생하게 살아 있는 것으로 만들었다.

중병에 걸려 오랫동안 혼수상태에 빠졌다가 기적적으로 살아난 후배가 있다. 얼마 전 그를 만났을 때 내가 겪고 있는 어려움을 이야기하자 그는 "사는 데 심각하게 걱정할 만큼 중요한 일은 없는 것 같아요. 삶 자체를 감사하고 누리기에도 바쁜데요."라고 담담히 말하는 것 아닌가. 다른 사람이 이런 말을 했으면 의례적으로 들렸겠지만 죽음에 가까이 갔던 그의 말은 울림이 달랐다.

이들의 말을 이처럼 힘 있게 만든 것은 그들이 겪은 고난의 경험일 것이다. 우리는 실수, 약점, 불운, 실패 등 고통을 주는 경험을 나쁜 것으로 보고 피하려고 애쓰지만, 고통을 겪어 내고 나면 고통의 체험이 내면의 힘이 되고, 지혜의 원천이 되는 것 아닐까?

나도 비슷한 경험을 하였다. 대학교 4학년 때 집안이 풍비박산 났다. 아버지의 사업 동업자가 아버지 이름으로 거액의 사업 자금을 빌려서 해외로 도주하였다. 아버지는 구속되었고, 아버지의 심부름을 하였던 나도 피신하여야 했다. 거기에다 나는 폐결핵에 걸려서 식사 때마다 알약을 한 움큼씩이나 먹어야 했다. 앞이 전혀 보이지 않는 암흑 같은 나날이었다. 거짓말과 배신, 수사와 재판 과정의 거친 절차에 절망하지 않을 수 없었다. 나는 1년 반 후에 힘겹게 혐의를 벗을 수 있었다. 그리고 동기생들보다 늦게 사법시험에 합격하여 법관이 되었는데, 내가 겪은 일들이 법관으로서 소중한 자산이란 것을 절실히 깨달았다. 고통스러운 일련의 과정을 겪으면서 얻게 된 인간성과 사법 절차에 대한 이해가 법관으로서의 자산이 될 줄은 정말 몰랐다.

이처럼 고통은 겪기 힘든 것이지만 겪어내는 만큼 사람의 내면을 깊고 넓게 하는 힘이 있다. 실패와 실망의 어두운 체험이 사람의 그릇을 크게 만든다. 낙엽과 썩은 열매는 볼품 없어 보이지만 이것이야말로 나무 밑에서 거름이 되어 큰 나무를 키우는 원동력이 된다. 삶에서 어둡게 보이는 마이너스 경험도 후에 마음이 변하여 부호가 플러스로 바뀌면 그 분량만큼 자산이 되는 법이다. 헬렌 켈러나 《오체불만족》을 쓴 오토다케 히로타다의 글이 우리에게 큰 용기를 주는 이유는 그들의 극한적인 마이너스 신체 조건을 삶을 통하여 풍요로운 플러스 자산으로 바꾸었다는 데 있다.

암 환자에 대하여 의사인 나오미 레멘은 다음과 같이 말했다.

암 환자는 고통의 순간에 오히려 참된 기쁨을 되찾는다. 병을 통하여 가장 중요한 것이 무엇인지 알게 되기 때문이다. 처음으로 자신의 별을 보고 항해를 시작한다. 자기의 별을 영혼이라고 부르는데 안타깝게도 암흑 속에서만 자신의 별을 제대로 보게 된다. 고통을 겪고 나서야 자신의 별을 따라가게 되는 것이다.

가장 큰 배움은 가장 큰 고통 속에 숨어 있는 듯하다.

또한 고통을 겪은 사람은 타인의 고통에 대하여 민감하게 된다. 자신이 고통을 겪었기에 같은 처지에 빠진 타인의 어려움을 이해할 수 있는 능력이 생긴다. 차갑던 사람이 큰 어려움을 겪은 후에 훨씬 따뜻한 사람으로 변하는 경우를 본다.

그러면 고통을 어떻게 받아들일 것인가? 고통을 정면으로 보면서 그 속을 통과해야 한다고 믿는다. 고통을 회피하려고 하면 변화가 오지 않고 오히려 힘이 더 든다. 술이나 다른 일로 고통을 잊으려고 해도 결코 해결되지 않는다. 인내심을 갖고 조용히 기다려야 한다. 우리가 삶에서 겪는 일은 긍정적으로 경험하지 않으면 부정적인 것으로 경험할 수밖에 없다. 능력과 행운만이 자산이 아니다. 제대로 받아들이면 고통이야말로 자신을 성장시키는 진짜 자산이 될 수 있다.

김명주의
인생 이야기

─────── 정초에 무엇을 읽을까 찾다가 책장 구석에 있는 책 한 권이 눈에 들어왔다. 《김명주의 인생 이야기》. 예전에 저자에게서 받았을 때 읽었지만 문득 정독을 하고 싶어졌다.

김명주. 나는 그를 1997년 3월 울산법원에서 처음 만났다. 그가 신임 법관으로 발령받으면서 내가 있는 재판부로 배치되었다. 합의재판부는 부장판사와 배석판사 2명이 1년간 함께 일하고, 먹고, 놀면서 지내기 때문에 관계가 깊어진다. 특히 초임 때 만난 첫 부장판사와는 더 각별한 사이가 되곤 한다.

그는 첫인상부터 쾌활하고 활력이 넘쳐 보였다. 목소리가 크고 작은 일에도 잘 웃는 성품이었다. 다혈질에 거친 면도 있어서 여느 판사와는 기질이 상당히 달랐다. 하지만 순수한 데다 사회와 인간에 대한 관심이 커서 깊은 이야기까지 나눌 수 있었다. 그런 그가 유독 아내에게만은 꼼짝 못하는 것 같아서 재미있었다.

그는 창원법원으로 옮겼다가 법관을 그만두고 고향인 통영에서 변호사 개업을 하였다. 법원은 그의 그릇에 비하여 좁은 듯하여서 잘된 일이었고, 개업식에 참석하여 축하해주었다. 그는 정치에도 관심을 기울여 도의원을 거치더니, 2004년에 43세 나이로 국회의원에 당선되었다. 의정 활동에서 최우수 국정감사의원에 선정되는 등 활발히 활동하였으나 복잡한 지역구 사정으로 다음 선거에서 낙선하였다. 하지만 꿈과 패기는 여전하였다.

가끔씩 연락하였는데 2013년 말에 충격적인 소식을 들었다. 담도암에 걸렸는데 이미 척추까지 퍼져서 항암 치료도 포기하였다는 것이다. 전화를 하자 담담한 목소리로 자신의 상태를 이야기하는데 놀라울 정도로 평온하였다. 두 차례 더 통화를 하였지만 날로 병세가 위중해지는 것 같았다. 그리고 2015년 3월 아내와 네 자녀를 남겨둔 채 세상을 떠났다.

그의 책은 그가 삶을 마감하면서 지인들에게 삶에 관한 자신의 생각을 전해주고자 쓴 것이었다. 특히 남겨두고 가는 4남매에 대한 아버지로서의 안타까움이 절절하였다. 죽음 앞에서, 깊은 어두움을 뚫고 나온 글이기에 한마디도 그냥 지나칠 수 없었다. 책을 읽다가 덮었다가 또 펼치곤 하였다. 내가 책을 읽는 것이 아니라, 그가 나에게 낮은 목소리로 이야기하는 것 같았다. 그의 글 몇 부분을 소개한다.

인생은 우주의 찰나이다. 오늘의 일상이 한낱 모래성이 될 날이 있음을 기억하자. 사람은 끊임없이 이 사실을 알아야 하고, 이 사실로 돌아가야 한다.

하지만 우주에서 가장 중요한 존재는 바로 자기 자신이다. 나에게 나란 존재는 우주 전체와 동일한 가치가 있다. 내가 없으면 우주와 인류도 없다. 절대적 가치가 있는 나를 사랑하고 존중해줄 사람은 바로 나 자신이다.

다른 사람들도 모두 각자에게 유일한 절대적 가치가 있다. 내가 나에게 그러하듯이 다른 사람의 가치를 인정해야 한다.

만약 내 아이들에게 꼭 하나만 선물을 고르라고 한다면, 나는 서슴없이 인생을 즐길 줄 아는 능력이라고 하겠다. 하는 일을 즐기고, 여가를 즐기고, 다른 사람과 사물과 관계를 즐길 줄 알아야 한다. 자기 내면만 볼 것이 아니라, 창문을 통해 다른 사람과 풍광을 보아야 한다.

그의 글은 조금도 과장이나 연민에 빠짐이 없이 삶의 의미를 증언하고 있다. 죽음을 앞둔 사람은 일상의 껍데기를 넘어서 진정한 가치가 무엇인지 깨닫는다. 죽음 문턱에서 돌아온 어떤 이는 이를 "삶의 북극성"이라고 표현하였다. 그는 우리가 "우주의 자식"이며, 한없이 존귀한 존재임을 삶 전체로 증언하였다. 책을 읽는 내내 죽음의 두려움보다 삶을 달관한 평온함을 더 느꼈다. 법관 후배였던 그가 이제는 삶의 선배로서 나를 인도하는 것 같았다. 책을 덮고서 올 한 해 그의 말을 북극성 삼아 살아보자고 단단히 마음먹었다. 그는 아래 말로 책을 맺는다.

나는 다른 사람들과 비교하자면 무려 30년이나 빨리 가는 셈이다. 그러나 후회나 여한은 없다. 이 아름다운 우주를 나라는 자아를 통하여 보고 듣고 느끼며 살아왔다는 것만으로도 감사하다. 인간으로 태어나 나라는 자아를 얻어, 이 우주를 쳐다볼 수 있었다는 것만으로도 감사한 일이다, 참으로 감사한 일이다.

나그네
인생길

─────── 라디오에서 〈하숙생〉 노래가 흘러나왔다. "인생은 나그네길, 어-디서 왔다가, 어-디로 가는가-" 오랜만에 듣는 노래에 가슴이 먹먹해졌다. 최희준 특유의 부드럽고 따스한 목소리도 좋지만 새삼스레 가사가 빼어난 '시(詩)'라고 여겨졌다. 이 노래가 불후의 명곡이 된 것은 무엇보다도 '인생은 나그네길'이라는 가사에 깊이 공감하기 때문일 것이다. 어떤 젊은이들이 이 노래를 교회의 엄숙한 예배 시간에 특별 찬양으로 불러서 작은 소동이 일어나기도 하였다. 나는 이 노래를 들을 때마다 떠오르는 일이 있다. '나그네 인생길'을 특별하

고도 명징하게 체험한 적이 있기 때문이다.

　나는 1989년 여름부터 미국 시애틀에서 1년 기간으로 워싱턴주립대학 로스쿨의 객원연구원으로 머물렀다. 10월의 어느 바람 부는 날이었다. 샌프란시스코 일대에 진도 6.9의 강진이 발생하였다는 뉴스가 나왔다. 바다 위를 건너는 다리인 베이브리지 상판이 내려앉고 도로와 건물이 무너져 수많은 사상자가 생겼다. TV에서는 지진 피해와 앞으로 발생할 지진에 대한 중장기 예측을 하는 뉴스가 계속되었다.

　시애틀은 샌프란시스코와 같은 지진대에 속한데다 몇 년 전에 근처에 있는 세인트헬렌스산이 화산 폭발을 하여 온 도시가 큰 피해를 입은 적이 있었다. 더구나 10년 이내에 시애틀 지역에 대지진이 일어날 가능성도 있다는 예측까지 나오자 주민들은 공황 상태에 빠졌다. 일부 주민들은 그곳을 떠나야 할지 심각하게 고민하였고, 집값도 폭락하였다. 대학의 동료들도 극도로 불안해하였다. 그런데 나는 이러한 공포심을 전혀 느끼지 않았다. 그들과 동일한 시간과 공간에 있었지만 느끼는 것은 전혀 달랐다. 몇 달 뒤에 그곳을 떠날 단기 체류자였고, 그곳에 소유한 집도 없어서 장래의 지진이나 집값 폭락을 염려할 이유가 없기 때문이었다. 주민들의 불안한 표정을 보면서 오히려 나그네의 자유로움이 무엇인지 실감할 수 있었다.

그곳에 살고 있지만 그곳의 환경에 영향을 받지 않는 것, 몸은 그곳에 있지만 마음은 그곳에 속하지 않는다는 자유의 느낌은 강력하고 신비하였다. 외적인 조건과 환경에서 자유롭다는 것이 얼마나 강한 힘인지 처음 알았다.

어디서나 이런 식으로 살면 무서울 것이 없고 정말 좋을 것 같았다. 무엇을 갖고자 애쓸 것이 아니라, 무엇에도 집착하지 않는 비움이 삶의 가장 좋은 방법임을 절감하였다. 그런데 시애틀에서 1년만 살기 때문에 나그네라면, 지구상에서 수십 년밖에 못 사는 이생의 삶 역시 나그네 아닐까? 1년과 수십 년의 차이가 본질적인 차이일까? 어차피 찰나와 같이 유한한 삶 아닌가! 당시 시애틀에서의 체험은 '나그네 인생길'을 처음으로 제대로 느껴본 것이었고 그 핵심은 자유로움이었다.

이와 같은 나그네 체험을 종교에서는 삶의 본질적 형태로 본다.《구약성경》〈창세기〉에 야곱이 이집트의 파라오를 만난 자리에서 "나그네 길에, 험악한 세월을 보냈습니다."라고 말하는 장면이 나온다. 온갖 일을 다 겪은 130세의 노인이 자신을 단순히 '나그네'라고 칭하는 것은 의미심장하다. 믿음의 조상이라고 일컬어지는 아브라함은 더 큰 모험을 하였다. 고향에서 족장으로 편히 지내고 있을 때 하나님으로부터 "네 고향과 친척과 아버지의 집을 떠나 내가 장차 보여줄 땅으로 가라."는 명령을 받는다. 요즘 말로 하자면 서울에서 큰 회사를 경영하며 잘살고 있는 사람에게 가족을 이끌고 한번도 가본 적이 없는 아프리카 험지로 떠나라는 말과 같다. 하나님의 사람이 되기 위해서는 집을 나가 스스로 나그네가 되어야 한다는 것이다.

부처님 말씀을 기록한 《금강경》에도 같은 취지의 말이 있다. 응무소주이생기심(應無所住而生其心). 응당 머무르는 바를 없이하여 참마음을 내라는 뜻이다. 사람, 사물, 감정 어떤 것에도 머물러 사로잡히지 말고 자신을 비워내야 참된 것을 찾을 수 있다는 것이다. 불가에서는 어떤 것에도 집착하지 않고 나그네와 같은 자유를 누리는 사람을 일체무애인(一切無碍人)이라고 부른다.

나는 그 후 나그네 정신을 잊지 않으려고 애를 썼지만 실제 생활에서는 어림도 없었다. 조금만 중요한 일이 생겨도 마치 내가 영원히 사는 존재라도 된 양 그 일에 매달려 노심초사한다. 이 땅에 와서 수십 년 머물다가 저 멀리 떠나는 나그네일 뿐이라는 엄연한 사실을 잊고 만다. 환경과 조건을 좀처럼 떨쳐버리지 못하는 것이다. 그래서 나는 힘들고 신경 쓰이는 일이 생길 때 '100년 후'라는 말을 떠올리곤 한다. 지금 나와 같이 있는 사람 중에 100년 후에도 살아 있을 사람은 단 한 사람도 없다. 아무리 중대한 일이라도 100년 후까지 계속되는 일은 없다. 이런 생각을 하면 나그네 정신이 웬만큼 되살아나서 자유로운 숨을 쉴 수 있게 된다.

한 관광객이 어느 도시를 지나가다가 널리 존경받는 랍비의 집을 방문했다. 그는 유명한 랍비의 집이 초라한 방 한 칸에 가구라고는 책상과 의자 한 개만 있는 것을 보고 놀라워했다. "랍비님. 가구들은 어디 있습니까?" "당신 가구는 어디 있소?" "제 거요? 저야 이곳에선 그저 지나가는 나그네인 걸요." 랍비가 대답했다. "나도 그렇소."

일상^{日常}의
재발견

──────── 변호사 생활을 시작한 지 100일이 조금

지났다. 사무실 분위기와 업무 처리 방식이 법원과 완전히 달

라서 새롭게 적응하느라고 정신없이 지내고 있다. 새로 배우

는 자세로 출발한다고 마음먹었지만 30년 넘은 법관 생활에

서 몸에 밴 습관이 쉽게 변하지는 않는 듯하다. 법관과 변호사

는 같은 법조직역이라는 것만 빼고는 다른 점이 훨씬 더 많다.

사건을 보는 중심이 '무엇이 옳은가?'에서 '당사자에게 무엇이

유리한가?'로 옮겨가고, 사건에 관한 '법리적 판단' 못지않게

변론 방법에 관한 '전략적 판단'도 중요하다는 점을 알게 되었

다. 짧은 시간이지만 새삼스럽게 여러 가지 생각이 든다.

그런데 한 가지 역설적인 현상을 발견하였다. 변호사 업무를 할수록 '변호사에 대한 이해'가 늘기보다 '법관에 대한 이해'가 더 새로워진다는 점이다. 나름대로 사명감을 갖고 보람 있게 법관으로 지냈다고 생각했는데 짧은 변호사 경험으로도 이전에 갖고 있던 법관에 대한 자의식이 피상적이었다는 생각을 지울 수 없다. '추상적 사유'와 '온몸으로 느끼는 체험'의 차이라고나 할까. 아무튼 100일의 짧은 체험이 30년 생활의 폭을 넘어서는 사실이 좀 당황스럽다.

재판을 받는 당사자 입장에 서보니 법관의 판단처럼 무서운 것이 없다. 작은 결정 하나도 당사자는 마음 졸이며 기다리고, 그 결과에 따라 희비가 엇갈리는 모습을 자주 본다. 법관의 말 한마디, 작은 행동도 당사자에게는 큰 영향을 미친다. 법관으로 일을 하면서 법관의 태도가 당사자에게 이렇게까지 영향을 미친다는 사정은 지금처럼 실감하지 못했다. 법관은 정말 균형 잡히고, 인간과 사회에 대한 이해가 풍부한 사람이 해야지, 경솔하거나 인격적으로 부족하면 큰일 나겠다는 생각이 날로 커진다. 재판부가 결정되면 재판장이 어떤 성품의 사람인지부터 알아보는 당사자들의 모습을 보면서 정신이 번쩍 들었다. 좋은 법관이 대부분이지만, 경솔한 재판장, 심지어는 위험한 재판장 소리도 가끔 들린다. 나도 오랫동안 저런 관심과 염려의 대상인 법관으로 지냈는데, 과연 당사자들에게 어떤 모습으로 비쳤을까 걱정이 되지 않을 수 없다.

얼마 전에 사법연수원에서 후배 법관들을 상대로 강의할 기회가 있었는데, 법관직을 떠나서야 법관직의 소중함을 참으로 깨닫게 된 지금 심정을 '법관의 재발견'이라고 표현하였다. 법대 아래서 재판을 받는 변호사를 경험한 후에 법관이 된다면 훨씬 사명감 강하고 올바른 법관이 될 것이라는 말도 덧붙였다.

무엇을 떠나보아야 그것을 진정으로 이해하게 되는 이러한 역설을 어떻게 받아들여야 할까? 오래전 미국에서 연수를 할 때도 지금과 똑같은 경험을 하였다. 1년의 짧은 생활로 미국을 이해하는 것은 어림도 없었지만, 그 경험이 우리 사회를 새롭게 이해하는 데 큰 도움이 되었다. 미국이라는 거울로 볼 때 무엇이 우리 사회의 특징인지 비로소 이해할 수 있었다. 미국에 있으면서 3주간 유럽 여행을 갔었는데, 그 짧은 여행으로 유럽을 이해할 수는 없었지만, 미국을 신대륙이라고 부르는 이유를 이해할 수 있었다.

이와 같이 일상 속에 파묻혀 있으면 그 의미를 알 수 없고, 일상을 깨고 나올 때에만 일상의 의미를 발견하게 된다. 사람들이 여행을 떠나는 이유도 여기에 있다. 여행은 새로운 곳을 보는 재미에 그치는 것이 아니라, 그 체험을 통하여 자신의 일상을 새롭게 보는 데 참 뜻이 있다. 질병이나 실패도 일상을 재발견하는 계기가 된다. 겪어보지 못했던 고통 속에서야 비로소 일상을 새롭게 바라볼 눈을 얻게 된다.

하지만 늘 여행을 떠날 수도 없고, 더구나 고통을 일부러 찾아다닐 수도 없는 일 아닌가. 바다에 사는 물고기는 바다가 어떤 모습인지 볼 수 없다. 파도 위로 몸을 솟구쳐 오를 때에야 바다를 볼 수 있다. 산에 높이 올라야 내 동네가 드넓은 하늘 아래 좁은 땅의 한 구석임을 알게 된다. 결국 비결은 항상 일상적 상황을 새롭고 멀리 보려고 노력하는 데 있는 것 아닐까. 일상생활을 하면서 그 무게에 묻히지 않도록 깨어 있으려고 애쓰는 것이 그 열쇠 같다. 이런 태도가 마음의 어약연비(魚躍鳶飛)라고 하겠다. 물고기가 물 위로 뛰어오르고 솔개가 하늘 높이 날아오르는 경지. 늘 마음을 힘차고 높이 하여 자신과 세상을 바라보는 인식을 새롭게 하고 싶다. '법관의 재발견'에서 한 걸음 더 나아가 '일상을 재발견'하고 싶은 것이 요즈음 내 심정이다.

근원감 根源感

──────── 우연히 TV에서 드라마를 보다가 너무 재미있어서 아예 인터넷 TV로 들어가 1회부터 새로 보았다. 수십 회분을 몰아서 보느라고 며칠 동안 잠을 설쳤다. 비현실적 상황 설정과 우연의 남발도 흡입력에 방해가 되지 않았다. 진실이 밝혀질 듯하다가 악인의 방해로 실패할 때마다 안타까웠고, 마침내 결정적인 반전이 일어나는 장면에서는 가슴이 두근거렸다.

이처럼 사람을 끌어당기는 힘은 어디에서 나올까? 대중 드라마의 스토리에는 기본 원칙이 있다. 선과 악의 대결, 선한 사람이 억울하게 당하는 고난, 마지막 반전에 의한 승리가 그것이다. 여기에 작은 이야기를 붙여서 가슴 졸이게 하다가 해피 엔딩으로 끝나는 것이다. 이 원칙이 사람을 사로잡는 이유는 근원적 부분을 건드리기 때문일 것이다. 거짓과 악에 대항하는 진실과 의로움에 대한 믿음이 스토리를 이끄는 모티브이다. 불의가 판치는 세상이지만 사람들은 근원적인 가치를 간절히 찾고 있는 것이다.

30년 넘게 재판에 관여하면서 깨닫게 된 것도 누구에게나 '의로움에 대한 감각'이 있다는 점이다. 명확히 꼬집어 말하기는 어렵지만, 누구나 불의를 대하면 본능적인 반응이 일어난다. 심지어는 법정에서 상습 범죄자가 다른 피고인의 비열한 행동에 대하여 분개하여 꾸짖는 모습을 본 적도 있다.

최근에 김우창 선생의 대담집을 읽었다. 현재 우리 사회를 대표하는 철학자는 대담 내내 '근원'에 대하여 말하였다.

사람이 자신의 삶을 참으로 의미 있게 살고자 할 때 따를 수밖에 없는 것이 양심의 소리이다. 이것은 자기 삶의 밑에 놓인 존재의 부름에 귀 기울일 때 듣게 된다. 삶의 바탕에 어떤 근원적인 것이 있고, 언어를 초월하는 근본에 대한 느낌이 있다. 나이가 들면서 이 세상 모든 것이 경이에 가득 찬 기적이라는 것을 깨닫게 된다. 생명은 단순히 귀중한 것이 아니라, 그것을 있게 한 다른 어떤 것으로 하여 우리의 이해를 넘어가는 것이다. 나는 종교는 없지만 종교적인 어떤 것이 내 안에 있는 것 아닌가 생각한다.

철저한 이성적, 논리적 사유를 강조하는 학자가 '언어를 초월하는 근원'이라는 것을 전제로 놓고 분석을 한다는 점이 뜻밖이었다. 이처럼 대중 드라마와 철학적 사고가 모두 '근원'에 뿌리를 두고 있다면, 식물에게 뿌리가 가장 깊은 부분이듯이 사람에게도 근원이 가장 중요한 것 아닐까.

불교에서 마음에 여래(부처)를 품고 사는 사람을 여래장(如來藏)이라고 부른다. 사람의 마음이 번뇌로 덮여 있지만, 그 안에 근원을 품고 있다는 것이다. 수행을 통하여 근원을 새롭게 하는 것이 불자의 의무이다. 신학자 루돌프 불트만은 신앙을 "근원이신 하나님으로부터 자신과 세상을 새롭게 이해하고, 헛된 것에게서 괴로움을 당하지 않는 존재 방식"이라고 말했다. 이처럼 근원을 믿는 사람은 세상의 얄팍하고 힘없는 가치관 대신에 깊고 본질적인 힘을 얻게 된다. 현대 사회에서 정신분석이나 코칭 등 심리적 치유법이 큰 영향을 미친 것은 사실이지만, 근원에 가까이 가는 것이야말로 근본적 치유법이다.

과거의 상처를 분석하는 것보다 '나의 존재가 어디에 있는지' 깊이 생각해보는 것이 더 효과가 있다. 이것은 나의 경험에서 하는 말이다. 나는 우울하거나 무력감에 빠질 때 근원을 새롭게 느낄 수 있는 책을 읽거나 영화를 찾아서 본다. 이에 관한 몇 권의 책과 모아놓은 구절을 갖고 있다.

사람은 이 땅에 잠시 머물다 가는 존재이다. 아무리 절망적인 상황에 있더라도 수십 년 후를 생각해보라. 주변에서 괴롭히는 사람이나 나 자신, 그 누구도 존재하지 않게 될 것 아닌가. 모두 사라지고, 오직 근원적인 차원의 그 무엇만이 남아 후대로 전해질 것이다.

그래서 나는 일상생활에서 근원을 찾고 마음이 이것에 연결되도록 단련하는 것이 삶의 열쇠라고 믿는다. 열등감, 무력감의 근본 원인은 근원이라는 뿌리와 단절된 데서 생기며, 그 치유법은 근원으로 돌아가는 것이다. 나는 이때 느껴지는 세미한 감정을 근원감(根源感)이라고 부른다. 마음이 흔들릴 때마다 '내가 근원감을 제대로 품고 있는지' 살펴보는 것이 나의 첫 번째 일이다.

그곳엔 꽃이
흐드러지게
피어 있었다

───────── 그곳으로 가는 길은 평화롭고 아름다웠
다. 밀밭과 중부 유럽의 전형적인 농가들이 이어져 있었고, 우
거진 숲속을 지나기도 하였다. 7월 말인데도 서늘하고 바람까
지 살랑살랑 불어 상쾌하기 이를 데 없는 아침이었다. 그러나
목적지에 가까워질수록 가슴이 답답하고 두려운 마음까지 들
었다. '과연 무엇을 보게 될까? 굳이 이런 것을 보려 한 게 잘
한 일일까?'

마침내 도착한 그곳은 아우슈비츠였다. 오래전부터 나의
버킷리스트(꼭 하고 싶은 일에 대한 목록)에는 아우슈비츠가 맨

위에 자리 잡고 있었다. 하지만 여행을 계획할 때마다 '모처럼의 휴가를 그런 곳에서 보내야 할까?' 하는 생각에 번번이 미루다가 지난봄에 결단을 내렸다. 나이가 더 들기 전에 끝내야 하는 숙제를 시작하는 기분이었다.

나에게는 아우슈비츠를 찾는다는 것이 단순히 유명한 곳을 본다는 데 그치는 것이 아니라, 인간을 이해하는 단서를 찾는 데 그 의미가 컸다. 전능한 신이 있다면 유대인이라는 이유만으로 600만 명을 학살한 것을 어떻게 허용할 수 있느냐는 게 풀리지 않는 의문으로 남아 있었다. '인간에게 악이 어디까지 가능한 것일까? 아우슈비츠의 지옥에도 하나님이 있었을까?' 홀로코스트는 역사에서 지울 수 없는 사실, 인간성에는 지옥을 만들 수 있는 악이 도사리고 있음을 보여준 것이다.

하지만 인간에 대한 희망을 잃지 않고 증언한 사람들도 있다. 빅터 프랭클의 《죽음의 수용소에서》, 엘리 위젤의 《나이트》, 프리모 레비의 《이것이 인간인가》가 주요 작품으로 꼽힌다. 이들은 모두 아우슈비츠에 수용돼 가족을 잃었다는 공통점이 있다. 프랭클은 아무리 고통스러운 삶에도 의미가 있다는 것을 깨달아 로고테라피(자신의 존재 가치와 삶의 의미를 알면 어떤 어려움도 이겨낼 수 있다는 이론)라는 심리학을 창안하였고, 위젤과 레비는 인간 존재에 대한 깊은 성찰로 뛰어난 작가가 되었다. 이런 연유로 나는 홀로코스트의 현장을 직접 걸어보고 싶었다.

아우슈비츠 수용소로 들어서자 '노동이 너희를 자유롭게 하리라'라는 유명한 글씨가 걸린 정문이 보였다. 이 문을 떨면서 지나갔을 수많은 사람의 모습이 어른거리는 것 같았다.

붉은 벽돌 건물에는 홀로코스트의 증거들이 전시되어 있었다. 한 건물에는 여성의 머리카락만 꼭대기까지 쌓여 있었다. 마지막에 7톤이 넘는 머리카락이 남아 있었다고 하는데 이 머리카락으로 짠 직물이 한쪽 벽에 전시되었다. 어린이들의 옷과 장난감, 신발로 가득 찬 방, 온갖 색깔과 형태로 멋을 부린 여성의 신발들로 꽉 찬 방도 있었다. 사형 선고를 받은 수용자를 대신하여 죽음을 자원한 콜베 신부가 감금되어 있던 골방도 보았다.

3킬로미터 떨어진 제2수용소인 비르케나우로 갔다. 기찻길이 수용소 가운데까지 나 있었고 궤도 위에는 당시의 기차 한 량이 덩그러니 있었다. 패전이 가까워지자 나치가 철수하면서 300동의 건물 대부분을 헐어버려 넓은 벌판에 굴뚝과 벽등 건물 잔해만 있었다.

남아 있는 막사 건물에 들어가보았다. 시멘트 벽돌과 나무로 된 3층 침대가 3열로 설치돼 있는데 허름하기 짝이 없었다. 한참 동안 딱딱한 침대를 만져보았다. 감촉이 다를 리 없었다. 평범한 나무요, 벽돌이었다.

수용소 끝에는 파괴된 가스실의 잔해가 그대로 남아 있었다. 수용소 막사와 달리 육중한 콘크리트 구조였다. 그 옆에는 '재의 연못'이 있었다. 사체를 소각하고 남은 재를 쌓아두었던 곳으로 재의 성분 때문인지 바닥이 연못처럼 푸른빛을 띠었다. 그 앞에 놓인 검은 비석에 이런 글이 새겨져 있었다.

나치의 학살에 희생된 남자, 여자, 아이들을 기억하며 여기에 그들의 재가 쌓여 있다. 그들의 영혼에 평화가 있기를.

무어라 말할 수 없을 만큼 가슴이 먹먹해졌다. 눈을 돌리니 넓은 들판에 형형색색 야생화가 가득했다. 산들바람에 흔들리며 춤을 추고 있었다. 수용되었던 사람들도 이 꽃들을 보면서 죽어갔겠구나, 하는 생각이 들었다. 꽃은 오늘도 똑같이 흐드러지게 피어 있는데, 인간성은 왜 이다지도 끝이 보이지 않을 만큼 깊은 것일까.

3장 | 笑

꽃처럼
피어나다

───────── 얼마 전에 미국 딸집에 다녀오는 아내를
맞이하기 위하여 인천 공항에 나간 적이 있다. 입국장 게이트
앞에서 혹시라도 아내를 못 볼까봐 잔뜩 집중해서 사람들을
살피고 있었는데 공항 여직원의 부축을 받으며 힘겹게 걸어
나오는 할머니 한 분이 보였다. 할머니는 고령에 비행기 여행
이 무리라고 여길 정도로 쇠약해 보였고, 부축하는 여직원은
무표정하고 좀 지친 모습이었다. 게이트 앞에서 가족들이 할
머니를 맞이하자 여직원은 그대로 게이트 안으로 돌아가려고
하였다. 할머니는 가족에게 기대어 두어 발짝 옮기다가 간신

히 몸을 돌려서 자신을 부축해주었던 여직원을 불렀고, 그녀의 팔을 잡고 무엇이라고 말을 하였다. 말소리는 들리지 않았는데 아마도 고맙다는 말을 하는 것 같았다. 몇 초도 안 되는 짧은 시간이었지만 나는 그녀의 얼굴을 정면에서 똑똑히 볼 수 있었다. 그 말을 듣는 순간 그녀의 얼굴이 갑자기 환해지며 미소가 얼굴 가득 퍼지는 것 아닌가. 무표정했던 얼굴이 마법에 홀린 것처럼 순식간에 밝고 생기 넘치는 모습으로 변하였다. 그리고 직전의 지쳐 있던 모습과 정반대로 허리를 꼿꼿이 펴고 힘차게 돌아 들어가는 것이었다. 무기력하고 지쳤던 사람이 한마디 말에 저렇게 생기를 찾고 밝아지다니! 마치 시들었던 꽃송이가 물을 먹으며 새로 피어나는 모습을 보는 것 같았다. 할머니의 말을 듣는 순간 '무엇'이 그녀를 변화시킨 것이었다.

이 경우와 같이 극적인 것은 아닐지라도 비슷한 장면을 전에도 본 적이 있다. 한 선배는 식당에서 종업원에게 종종 고맙다는 말을 하곤 한다. 형식적으로 하는 것이 아니라, 정성스레 진정을 담아서 말한다. "정말 일을 잘하시네요. 그래서 맛이 더 좋은 것 같아요." 이럴 때 종업원의 얼굴은 붉어질 정도로 환해진다. 나도 그 선배에게 배워서 식당이 마음에 들면 꼭 칭찬을 한다(물론 시원치 않으면 아무 말도 안 하지만). 며칠 전 북한

산 밑의 허름한 식당에서 감자전을 먹었는데 맛이 꽤 좋아서 "지금까지 먹어본 감자전 중 최고예요!"라고 말을 했더니 주인이 어쩔 줄 모르며 기뻐하는 것이었다. 바쁘고 정신없는 식당에서도 짧은 말들이 사람들을 생기 차고 기쁘게 만드는 것이다.

무엇이, 어떻게 이런 변화를 가져오는 것일까? 인간의 기본적 욕구인 '인정 욕구'의 충족이라는 심리학 이론만으로는 설명이 되지 않는다. 사회생물학자들은 희생이나 배려 등의 이타적 행동도 유전자의 증식을 위한 이기적 적응 활동으로 해석한다. 이들의 눈에는 여직원의 변화는 단순히 일시적인 감정적 충동으로 보일 것이다.

하지만 이런 이론은 공허한 듯하다. 나는 그날 꽃처럼 피어나는 여직원의 모습에서 근본적인 '무엇'을 보았다고 고백하고 싶다. 사람의 마음속에 꽃처럼 피어나는 씨앗이 숨겨져 있는 것 아닐까. 씨앗이 비를 맞고 햇빛을 받으면 잎이 자라고 꽃을 피우듯이, 사람도 다른 이에게서 진정이 담긴 말을 듣고 받아들여질 때 마음속에 있던 씨앗이 자라나 꽃으로 피어나는 것 아닐까.

정신과 의사 어빈 얄롬은 사람이 사람에게 영향을 주는 것을 '파급효과'라고 부른다. 사람의 무의식적인 행동 하나가 다른 이에게 영향을 미치는데 이런 관계가 무신론자인 자신에게도 삶의 근본 의미를 준다고 말한다.

의식적인 의도가 없이 했던 일이 다른 사람에게 영향을 끼치는 순환을 일으킬 수 있다. 우리가 알지도 못하는 사이에 우리 자신의 어떤 것이 남겨졌을 때 그것이 인간의 유한성과 무의미에 고통받는 어떤 사람에게 하나의 가능한 해답을 줄 수도 있다. 사람이 남긴 여운은 대대로 남아서 후대까지 영향을 끼치게 된다.

그날 여직원을 꽃처럼 피어나게 만든 것은 할머니의 고맙다는 말 한마디였다. 그 꽃은 얼마 후에 시들었겠지만 그녀 마음에서 씨앗이 한 차례 피어났다는 것이 중요한 것이리라. 한 번 싹터 꽃을 피운 씨앗이 있으면 그 옆에 묻혀 있는 씨앗도 싹트기 쉬울 테니까. 이러고 보면 우리의 일상생활은 서로의 씨앗을 깨워 꽃을 피워줄 기회로 가득 차 있는 꽃밭인 셈이다. 이런 멋진 기회를 그냥 흘려보내는 것처럼 인생에서 손해 보는 일이 또 있을까?

민병갈
선생

——————— 이달 초에 태안반도에 있는 천리포 수목원을 다녀왔다. 10여 년 전 친구로부터 천리포 수목원 이야기를 듣고 구경하고 싶었는데 일반인에게는 개방하지 않는다고 해서 실망하였다. 얼마 전에야 천리포 수목원이 공개되고 있다는 것을 알게 되어 부랴부랴 찾아간 것이다.

미리 줄을 서 있다가 첫 번째로 수목원에 들어갔다. 수련으로 덮인 아담한 연못이 나왔고 옆길을 따라 숲으로 들어서자 싱그러운 나무 냄새가 진동하였다. 서쪽 숲길 옆으로는 그림처럼 하얀 백사장과 푸른 섬이 어우러져 있었다. 3시간 가까이 숲길과 바닷길, 온실, 암석원 등을 실컷 거닐었다.

천국에 가면 이런 기분일 것 같았다. 유명한 수목원 여러 곳을 가보았지만, 천리포 수목원은 어떤 곳보다도 섬세하고 신비로운 느낌이 들었다. 아시아 최초로 '세계의 아름다운 수목원'으로 선정된 이유를 알 것 같았다. 실질적으로도 국내에서 가장 많은 15,600여 종류의 식물을 보전하고 있으며 목련, 호랑가시나무, 동백나무의 수집은 세계적 수준이라고 한다.

전시관에 들러서 수목원의 초창기 사진을 보니 감동이 더 커졌다. 1962년 땅을 매입할 당시에는 잡목만 몇 그루 있는 민둥산이었고 염분의 농도가 높아 식물이 자라기 어려운 땅이었다.

오늘의 이런 모습을 누구도 상상할 수 없었을 것이다. 설립자인 민병갈 선생의 사진과 유품이 남아 있었는데 그는 잘생긴 미국인이었다. 그의 한글판 식물도감은 얼마나 열심히 보았던지 전체가 너덜너덜해져서 그의 성품을 보여주는 듯하였다.

이 엄청난 규모의 수목원을 한국인도, 재벌도 아닌 평범한 외국인이 어떻게 세울 수 있었을까? 곧바로 그의 전기를 읽어보았다(《나무야 미안해》, 임준수 지음).

칼 밀러(Carl Ferris Miller)는 1945년 9월 미국 중위로(당시

24세) 한국 땅을 밟았다. 곧바로 한국의 자연과 문화에 깊이 매료되어 군 제대 후에 한국에 남았다. 한국은행 등 금융 기관에 근무하다가 58세 때 한국으로 귀화하여 민병갈이라는 이름을 얻었다. 그는 만리포 해수욕장을 자주 갔는데 우연히 만난 홀아비 농민이 딸을 시집보낼 돈이 필요하다고 졸라대어 4,500평의 야산을 떠맡았다. 당시 이곳은 전기나 도로도 없는 깡촌이었다. 당초 바닷가 별장을 지으려다가 나무를 심기 시작하면서 생각이 바뀌었다. 틈틈이 매입한 땅이 18만 평에 이르자 52세 때 아예 공공 수목원을 설립해보자는 엉뚱한 결심을 하였다.

그는 주식 투자로 상당한 재산을 모은 데다가 부양할 가족도 없는 독신이어서 작은 수목원은 세울 수 있을 것 같았다. 주중에는 서울에서 일하고 주말에는 200킬로미터를 달려와 수목원에서 보내는 생활이 시작되었다.

본격적으로 식물 공부를 시작하여 나중에는 해외 학회지에 연구 결과를 발표하고, 원예학계의 노벨상이라 불리는 비치(Veich) 메달까지 받을 정도로 대가가 되었다. 그가 2002년 81세로 사망할 때까지 수목원에 투척한 재산은 수백억 원에 이른다. 그는 죽기 직전에 다음과 같은 말을 남겼다.

내가 좋으려고 수목원을 차린 것이 아니다. 적어도 2, 3백 년을 내다보고 시작했다. 나는 어떤 목련 한 그루가 꽃을 피우기까지 26년을 기다린 적이 있다. 아무리 공을 들여도 나무의 나이테는 일 년에 한 개만 생긴다. 수목원도 마찬가지다. 천리포 수목원은 내가 제2의 조국으로 삼은 한국에 길이 남을 나의 선물이 되기를 바란다.

그는 사전에 입지 조사를 한 적도 없었고, 우연히 땅을 떠맡게 되었다가 자신이 좋아하는 나무를 심기 시작하였을 뿐이다. 원래 한국의 자연을 좋아하다가 나무에 관한 열정을 발견하고 공공 수목원이라는 꿈을 키워온 것이다. 한 해 방문객이 30만 명에 이르는 세계적 수목원이 된 것은 그가 당초 의도한 것이 결코 아니었다. 다가온 우연과 자신이 처한 상태에서 최선의 노력을 한 것이 결합되어 이렇게 엄청난 열매를 맺은 것이리라. 수목원의 싱그러운 나무들 사이를 거닐면서, '한 사람의 삶이 다른 사람들에게 얼마나 많은 것을 남겨줄 수 있는지' 그 증거를 직접 목격한 감동이 깊었다. 우연과 노력이 맺은 열매를 보는 마음은 아주 행복했다.

사람을
움직이는 힘

———————— 폭스바겐의 배기 가스 조작 문제로 거액
의 손해 배상 책임이 문제 되자 이 사건을 어느 변호사가 맡을
것인지가 법조계의 큰 관심거리였다. 세계적으로 쟁쟁한 로펌
들이 수임하려고 경쟁하였는데 폭스바겐은 최근 이 사건을 케
네스 파인버그 변호사에게 맡겼다. 그는 대규모 재난에 관한
협상 전문가로서 2001년 9·11 테러 보상 문제를 해결한 사람
으로 유명하다. 또한 GM(지엠)의 점화 장치 불량으로 인한 손
해 배상 책임, 보스턴 마라톤 대회 테러 사건의 피해자 보상
등 집단적 사건을 처리하였다. 그는 공평하고도 합리적인 기

준을 제시하며 관계 당사자들로부터 깊은 신뢰를 받는다고 평가받고 있다. 그는 어떤 비결을 갖고 있기에 이처럼 어려운 일을 잘 처리하는 것일까?

그가 9·11 테러 사건의 보상 문제를 처리하였던 과정을 보면 그 능력의 비밀을 알 수 있다. 위 사건의 희생자들에 대한 보상은 심각한 사회적 분열을 일으킬 수 있는 어려운 문제였다. 사망자만 2,800명이 넘고 수백만 달러의 연봉을 받는 최고 경영자부터 임시 직원에 이르기까지 수입 차이가 컸으며, 나이와 인종이 다양하여 통일적인 보상 기준을 세우기가 어려웠다. 의회가 9·11 피해자 보상법을 제정하였고 이를 집행할 특별 심사관에 파인버그 변호사가 선임되었다. 특별 심사관은 보상 대상과 보상 액수를 정할 수 있는 전권을 갖고 있었다.

그는 9개월간 유족들 모임에 100여 차례 빠짐없이 참석하여 상황을 상세히 설명하였고, 많은 자원봉사 변호사로 이루어진 협상 팀이 유족들과 개별 면담을 가졌다. 합의 액수는 피해자의 수입을 기준으로 하여 다양하게 제시되었는데 법률적으로 다툴 여지가 상당했다. 그러나 당초 예상과 달리 협의가 순조롭게 이루어져 유족 대부분이 파인버그의 합의안을 받아들였다. 만약 이러한 합의가 성립되지 않았다면 수만 건의 소송이 장기간 벌어져 미국 사회에 엄청난 2차 혼란이 발생하였을 것이다. 한 사람의 탁월한 지혜와 설득이 사회적 재난을 막은 것이다.

그는 협상 성공의 핵심 요인으로 실무를 담당했던 변호사들의 공감과 경청의 태도를 꼽는다. 가장 어려웠던 부분은 유족의 감정을 받아들이는 것이었는데, 그들은 돈을 더 달라는 것이 아니라, 가족이 무고하게 희생당한 사태를 이해하고 싶어 했고, 사건을 마무리 짓기 위해서는 무슨 말이든 나누어야 했던 것이다. 담당자들이 이런 감정을 깊이 이해하고 적극적으로 경청한 것이 그들의 마음을 움직였다. 그는 "세상을 떠난 사람에 대한 감정을 토로하도록 경청하고 공감하는 것이 가장 중요하다. 법률이 아니라 신학이나 심리학이 더 도움이 되었다."라고 말하였다. 사랑하는 사람의 억울한 죽음에 대한 의미와 남은 사람의 충격을 이해하는 데 신학과 심리학적 차원의 대화가 필요했던 것이다. 이와 같은 타인의 고통에 대한 진정한 공감과 경청은 상담의 본질을 이룬다. 결국 위 사건의 해결에는 법률가가 아니라 상담가가 더 필요했던 셈이다.

그런데 이런 이치가 이처럼 특별한 사건에만 적용되는 것일까? 통상적인 소송에서도 당사자가 견디기 어려운 분노와 두려움에 빠지는 경우를 많이 본다. 상대방과 사실 다툼이 벌어지면 돈보다 정서적 문제가 더 크다. 당사자는 법리에 앞서

서, 사건을 처리해주는 변호사로부터 자신의 감정을 진정으로 이해받기 원한다.

　재판을 담당하는 판사들은 대체로 두 유형으로 나뉜다. 사건을 법률과 증거의 논리적 판단 문제로 보아 기계적으로 대하는 판사가 있는가 하면, 당사자의 고통에 마음을 열고 공감하려고 애쓰는 인간미가 풍기는 판사도 있다. 후자와 같은 재판부를 만나면 당사자는 굉장히 고마워하고 재판부를 더 신뢰하게 된다. 이런 모습을 보면서 고통받는 인간을 이해하려는 열린 마음이 법률 지식보다 앞서 법률가에게 필요하다는 생각이 든다. 냉철하게 판단하는 업무를 하는 법률가에게도 이런 마음이 필수적이라면 다른 일을 하는 사람들에게는 더욱 필요할 것이다.

　사람을 대할 때 어떤 경우에나 공감하고 경청하는 마음을 갖는다면 많은 관계가 평화로워질 것이다. 이런 마음이야말로 사람을 움직이는 비밀이자, 삶을 따뜻하게 해주는 진정한 힘 아닐까.

내 과거는
다른 사람의 미래에
도움이 될 거예요

──────── 미국에 케일러 해리슨이라는 여자 유도 선수가 있다. 우리에게는 잘 알려져 있지 않지만 미국에서는 스포츠 스타 중 한 사람이다. 2012년 런던 올림픽에서 미국 유도 선수로는 처음으로 금메달을 땄고, 2016년 리우 올림픽에서도 금메달을 땄다. 그런데 그녀는 올림픽 2연패 못지않게 삶에 깊은 사연을 갖고 있어서 감동을 준다.

그녀는 6살 때부터 유도를 시작하여 유망주가 되었는데 16세 때 어머니에게 비밀을 털어놓았다. 3년 전 유도 코치에게 성폭행을 당하였고 계속 시달리고 있었던 것이다. 어머니는 코치를 형사 고소하였고, 커다란 사회적 문제가 되었다. 코치는 징역 10년 형을 선고받았으나 그녀는 수치심으로 우울증에 빠져 자살 시도를 하였으며, 유도를 포기하게 되었다.

케일러에게 유도가 얼마나 중요한지 알고 있던 어머니는 페드로라는 유명한 유도 코치에게 간청을 하였다. 페드로는 유도뿐 아니라 청소년 지도에 관하여 특별한 소명 의식을 갖고 있는 사람이었기에 케일러를 맡기로 하였다. 그녀는 집을 멀리 떠나 페드로의 유도장으로 옮겨 새로운 생활을 시작하였다. 학교에 새로 등록하고, 전문 심리 상담을 계속 받았고 유도 훈련을 다시 시작하였다.

엄청난 훈련을 해내면서 그녀는 자기가 겪은 과거의 상처는 바꿀 수 없지만, 지금 하고 있는 유도는 자기가 조절할 수 있다는 사실을 깨달았다. 희생자라는 느낌에서 벗어나 목표를 가진 사람으로 바뀌었고, 자기를 이기는 것이 무엇인지 알게 되었다. 그녀는 4년 만에 청소년 세계선수권자가 되었고, 2년 뒤 마침내 런던 올림픽에서 금메달을 땄다.

그녀는 금메달리스트로 이름이 알려지자 이를 새로운 기회로 삼았다. 자신처럼 성폭행을 당할 위험 아래 있는 청소년을 보호하기 위한 '두려움 없이 재단(Fearless Foundation)'을 세웠다.

그녀는 페드로 코치가 유도뿐 아니라 자신을 인간으로 성장하도록 이끌어주었다고 말한다. 그녀는 자신이 끔찍한 고통을 겪었지만 운 좋게 훌륭한 코치를 만나서 이겨냈으므로 자신도 다른 사람에게 동일한 도움을 주고 싶었다. 특히 자신과 같이 성적 피해를 입은 청소년을 보호하고 치유하는 데 사명감을 느꼈다.

위 재단은 그녀가 실제로 겪은 경험을 기초로 하여 청소년 보호를 위한 실제적인 사업을 하는 것이 특징이다. 청소년이 가까운 사람에게 성적 위해를 당할 때 대처하는 법을 알려주는 책을 만들어 각급 학교에 보내고 있다.

미국 통계에 의하면 18세 이하 소녀의 4분의 1 및 소년의 6분의 1이 아는 사람에게서 성적으로 피해를 입고 있다고 한다. 그녀는 어렸기 때문에 코치의 성적 유혹을 사랑으로 잘못 알았고, 이를 도와줄 사람이 전혀 없었던 것이다. 모르는 사람보다 가까운 사람에 의하여 저질러지는 성 범죄가 훨씬 많기 때문에 청소년에게 이런 상황을 인식하도록 해야 하는 것이다.

또한 위 재단은 청소년들에게 '자신을 어린아이처럼 즐겁게 만들 수 있는 운동'을 하는 프로그램을 보급하고 있다. 그녀는 유도를 통하여 우울증을 이겨냈기 때문에 운동이 주는 치유력을 잘 알고 있다. 누구나 자기에게 맞는 운동을 찾아서 즐기도록 하고 운동의 심리 치료 요법을 체계적으로 연구하고 있다.

그녀는 페드로와 유도가 자기를 살렸다고 말한다.

> 내가 살아난 것처럼 다른 사람에게 도움을 주고 싶어요. 금메달을 딴 것은 위대하지만, 이것이 세상을 바꾸는 기회가 되면 좋겠어요. 내가 겪은 과거의 일은 다른 사람의 미래에 도움이 될 거예요.

고통을 이겨낸 그녀의 용기도 대단하지만, 여기서 그치지 않고 자신의 고통스러운 체험을 나누며 같은 상처를 입은 청소년을 돕겠다는 마음이 감동적이다. 아무 잘못 없이 고통을 당했지만 이를 통해 다른 이를 돕는 열매를 맺는다는 것이 얼마나 아름다운가! 아무리 어려운 일이 생겨도, 삶은 이를 받아들이고 살아갈 때 더 아름다운 길이 열리는 여행이라는 생각이 들었다.

내 생애 마지막
사진 한 장

──────── 며칠 전에 〈있는 것은 아름답다〉라는 제목의 사진 전시회에 들렀다. 전시실의 사진 배치가 통상의 사진 전시회와는 사뭇 달랐다. 사진만 전시된 것이 아니라, 각 사진 아래 글씨가 적힌 작은 종이와 큰 종이가 한 장씩 붙어 있었다. 이 사진들은 앤드류 조지라는 미국 사진작가가 로스앤젤레스에 있는 호스피스 병동에서 환자 20명을 2년간 촬영한 것이었다.

그는 호스피스 병원을 찾아가 "환자 중에서 죽음의 공포를 넘어선 사람을 찾아달라."고 부탁하여 연락이 오면 그때마

다 병원에 가서 그 환자와 대화를 나누고 촬영하였다. 아울러 환자에게 A4 용지 크기의 종이에 남기고 싶은 말을 쓰게 했고, "당신에게 기쁨을 준 일은 무엇인가요?", "후회되는 일은 어떤 것인가요?" 등 질문을 하여 얻은 답을 큰 종이에 써놓았다.

호스피스 병원에서 환자들의 평균 여명은 6주 정도이므로 이것들이 마지막 사진과 글인 셈이다. 죽음을 앞둔 사람들의 사진과 글이어서 어느 때보다도 무겁고 숙연한 마음으로 찬찬히 살펴보았다.

뜻밖에도 사진에 나타난 환자의 표정은 대부분 평온해 보였고, 몇 사람은 마치 좋은 일을 앞둔 것처럼 밝은 모습이었다. 글의 내용도 죽음을 코앞에 둔 사람의 것이라고는 믿기 어려울 정도로 생기가 있었다.

"인생은 참 아름다운 것 같아요. 전 열심히 일하고 싸웠어요. 그래요! 인생은 참 아름다워요.", "인생은 기뻐하며 즐길 일이 가득한데도, 우리는 참 즐기지를 못하는 것 같아요.", "일흔 살이 되어 보고 싶어요." 수십 년간 마약에 중독되어 지내온 사람이 자기 삶을 담담히 돌아보며 감사하는 글도 있었다. 작가는 마음을 활짝 열고 죽음을 비롯한 모든 것을 받아들이는 태도가 이들의 공통점이었다고 말한다.

"이들은 24시간 고통과 싸우면서도 자신이 느끼는 감정을 주위 사람들과 나누려고 했어요. 나와 농담을 섞어가며 이야기를 나누었고, 인터뷰 내내 웃음이 끊이지 않았습니다. 삶 자체를 즐기는 성숙한 내면이 느껴졌죠. 결국 이 전시는 죽음이 아니라 삶에 관한 이야기입니다.”

전시회를 나서면서 오래전에 사놓았던 책 한 권이 생각났다. 《마지막 사진 한 장》이라는 책인데 발터 셀스라는 사진작가가 베를린의 호스피스 병원에서 환자들을 찍은 사진 에세이집이다. 2002년부터 2년간 23명의 환자를 찍은 것으로 앞의 작업과 거의 동일하였다. 차이점은 환자의 살아생전 마지막 사진을 찍고 나서 사망한 후의 얼굴을 또 찍었다는 것이다. 생후 17개월 된 아기부터 여든 살이 넘은 할머니까지 얼굴 사진이 두 장씩 있었고 이때 나누었던 대화가 기록되어 있었다.

나는 왠지 죽은 사람의 사진을 보는 것이 싫어서 읽지 않았는데 집에 오자마자 이 책을 찾았다. 전시회에서와 같은 감동을 느꼈다. 두려움에 사로잡힌 사람도 있었지만, 침착하고 평안하게 죽음을 받아들이는 사람이 많았고, 멀었던 가족과 마지막 순간에 화해를 하고 감사하며 숨을 거두는 사람도 있었다.

우리가 찾아갔던 호스피스 병원에서 기적적으로 병이 나은 환자는 한 사람도 없었다. 하지만 죽음을 마주 본 순간에 솟구쳐 오른 감정의 힘은 예상치 못한 변화나 결심을 불러왔다. 한 노숙자는 호스피스 병원에 와서 술과 담배를 끊었다. 매일 목욕을 하고 빨래를 하고 정성껏 머리를 빗었다. 그렇게 인간의 존엄성을 회복한 후에야 그는 죽을 수 있었다.

두 작가는 우리에게 똑같은 메시지를 전하고 있다. 죽음을 앞둔 사람들이 우리에게 무슨 말을 하고 있는가? 이들의 모습을 통하여 우리의 삶을 돌아보면서 마지막에 후회하지 않을 삶을 살려면 삶의 우선순위를 어떻게 바꾸어야 하는가?

이들의 마지막 사진을 보면서 죽음 앞에서도 삶의 의미와 용기를 붙잡은 그 마음을 생각하게 되었다. 이러한 마음을 가질 수 있는 사람의 생명 자체, 존재 자체, 그 사람 자체가 존귀하다는 확신이 들었다. 마지막 사진들은 우리가 결코 죽음으로 사라지는 존재가 아님을 증언하는 것 같았다. 우리는 모두 존엄한 존재라고. 정말로, 정말로 그렇다고.

이해는 못하지만
너를 사랑한단다

———————— 자신이 시한부 생명을 선고받고, 고향에 있는 가족들에게 이를 알린다면 어떤 일이 벌어질까? 그것도 12년 동안 한 번도 만난 적이 없는 가족이라면.

〈단지 세상의 끝〉이란 프랑스 영화가 이러한 상황을 그리고 있다. 줄거리는 간단하다. 루이는 30대의 유명한 극작가이다. 어느 일요일, 12년 만에 고향 집을 찾는다. 자신이 시한부 생명을 선고받았음을 알리고 마지막으로 가족들을 보기 위해서다. 어머니와 여동생 쉬잔, 옆 동네에 사는 형 앙투안 부부가 모여서 루이를 기다린다. 포옹으로 반갑게 맞이하였지만 가족들은 곧 어색하고 불편한 분위기에 빠진다.

쉬잔은 루이의 신문 기사를 스크랩할 정도로 기대와 동경이 크지만, 자신의 무력한 생활을 털어놓으며 오빠의 무심함을 원망한다. 쉬지 않고 담배를 피워대는 모습에서 불안감이 엿보인다. 어머니는 화려하게 화장을 하고 활달한 태도로 음식을 준비하지만 어딘가 불안정하고 초조해 보인다. 루이보다 나이가 훨씬 많은 앙투안은 그를 비꼬고 공격하기 시작한다. 루이가 시골에서 평범하게 지내는 자신과 가족을 우습게 보고 잘난 체한다는 것이다. 점심 식사 중 앙투안과 쉬잔이 루이 문제로 말다툼하다가 자리를 박차고 일어난다. 이어서 앙투안은 자기 연민에 빠져 눈물을 흘리면서 루이에게 주먹을 휘두르려고 한다. 루이의 방문으로 각자가 갖고 있던 원망과 분노, 서러움이 한꺼번에 터져 나온 것이다.

3시간 만에 루이는 자신이 시한부 생명임을 털어놓지도 못한 채 조용히 집을 떠난다. 가족들이 왜 이렇게 멀어지게 되었는지 영화에선 나타나지 않지만 이 상황 자체가 근본 문제를 제기한다. 한 사람이 죽음을 앞두었는데도 가족들은 이 사실을 나눌 능력이 없는 것이다.

가족이란 무엇일까? 무엇이 가족을 이렇게 만들었을까? 문제의 출발은 루이일 수 있다. 그는 어머니에게 짧은 엽서만 몇 번 보냈을 뿐이고, 심지어 형의 결혼식에도 오지 않았다. 가족을 철저히 거부한 셈이다. 다른 사람은 몰라도 어머니까지 찾지 않은 것은 관계가 실질적으로 단절되었음을 나타낸다. 죽음을 앞두고서야 비로소 어머니와 가족을 만나려고 생각한 것이다. 그날 모임을 실제로 망가뜨린 사람은 앙투안이다. 그는 모든 것에 불만이 가득 차서 성격이 완전히 꼬였다.

자신에 대한 분노와 열등감이 너무 커서일까, 루이를 잔혹하게 비판하며 어렵게 찾아온 동생에게 최소한의 예의조차 갖추지 못한다. 앙투안 역시 가족에 대하여 절망하고 있는 셈이다. 영화 속에 이런 노래가 흐른다.

내 집엔 문이 없어
내 집엔 지붕이 없어
집은 항구가 아니야
집은 상처를 주는 곳

사실 가족처럼 근원적이면서도, 미묘한 관계는 없다. 가까우면서도 멀고, 따뜻하면서도 갈등이 생기기 쉽다. 가까웠던 가족 사이는 시간이 지나면서 변할 수밖에 없다. 누구보다도 서로를 잘 알지만, 각자 가정을 꾸리고 살아가느라고 멀어지게 된다. 몇 년씩 얼굴을 보지 못하기도 하고, 여러 가지 사정이 생기면서 미묘한 감정의 앙금이 쌓이기도 한다. 하지만 관계가 아무리 멀어지더라도 가족은 어느 관계와도 다른 근본적인 부분을 갖고 있다.

루이의 어머니가 잠시 둘만 있을 때 안아주며 한마디 한다. 조용한 절규처럼 들린다.

"이해는 못하지만, 너를 사랑한단다. 이 마음만은 누구도 못 뺏어."

사람을 이해한다는 것은 그의 사람됨을 납득하고 받아들인다는 의미이다. 사람들 사이에서는 먼저 이해해야 관계가 진전되지만, 가족 사이에서는 납득하기 어려워도 사랑할 수 있다. 함께 태어나고 자라고 살고 늙어가니까. 어느 가족이나 그 집만의 특징이 있고 이는 각자의 무의식을 형성한다. 이런 분위기가 자신의 일부가 되며 정체성을 이루는 요소가 된다. 가족은 의식하지 못하더라도 이런 정체성을 함께 나누고 지지해주는 유일한 존재가 된다. 따라서 가족을 잃으면 자신의 기초가 무너지고 자신을 잃게 된다. "사람은 자기 가족을 잃을 때마다 죽어간다."(푸블릴리우스 시루스)

루이의 가족이 모두 고통받는 것은 서로를 잃어서일지도 모른다. 가족이 자신의 일부라는 것을 잊었기 때문에 그만큼 서로를 잃었다. 만약 루이가 어머니를 이해하지 못해도 자주 찾아왔다면, 앙투안이 루이를 이해하지 못해도 받아들이려고 애썼다면 어떻게 되었을까? 지금처럼 서로 지독하게 외롭지는 않았을 것이다. 루이가 죽음을 앞두고 가족을 찾은 것은 가족이 자신의 일부라고 뒤늦게 의식했기 때문이었을 것이다(영화에서 루이는 애인에게 전화로 여러 차례 가족의 분위기를 알린다). 하지만 너무 늦었다. 고향의 집은 이미 자신이 머물 수 있는 항구가 아니었다. 정박할 항구를 갖지 못한 배처럼 외로운 것은 없다.

우리 삶에 숨어 있는
작은 기적들

──────── 같이 근무하는 직원에게서 재미있는 이야기를 들었다. 대전에 살고 있는 가까운 친구의 부인이 겪은 일이란다. 50대 초반의 부인은 자녀들이 크고 인생 후반부도 준비할 필요를 느껴서 작년에 요양보호사 자격을 땄다. 일을 시작한 지 얼마 안 되어 중풍에 치매 증상까지 있는 3급 장애인 할머니를 맡게 되었다. 워낙 장애가 심한데다가 성격이 난폭하여 동료 요양보호사들이 며칠을 견디지 못하고 포기한 사람이었다. 할머니는 영세민에게 공급하는 임대주택에서 신체 일부가 마비된 할아버지와 살고 있는데 그 역시 성격이 까다롭

고 의심이 많아서 두 사람을 돌보는 일이 여간 어렵지 않았다. 할머니의 대소변을 가려주고, 목욕시키고, 식사를 준비하였는데 할머니는 가끔씩 심술이 나면 방바닥에 대소변을 보거나 심한 욕설을 하였다. 여러 차례 그만두려고 하였으나 두 노인의 딱한 형편을 보면서 '내가 이들을 돌보지 않으면 누가 감당하겠나?' 하는 마음에 일을 계속하였다.

　1년쯤 지난 어느 날, 그 집에 가려고 지하철을 탔는데, 옆자리에 앉았던 인자한 모습의 할머니가 말을 걸었다. 이런저런 이야기를 나누다가 그 할머니가 부인에게 "아마 곧 아줌마에게 좋은 일이 생길 거예요. 큰 재물이 생기던지, 좋은 기회가 오던지."라고 말하고 사라졌다.

　부인은 싱거운 소리를 들었다고 생각하면서 평소처럼 할머니를 돌보았다. 그날 집을 나오는데 할아버지가 부인에게 불쑥 통장 하나를 내밀었다. "댁이 집사람을 제대로 돌보는지 살폈어요. 한 해 동안 겪어보니까 정성을 다하는 걸 알게 되어서 너무 고마워 돈을 주고 싶어요. 우리에게는 돈이 별로 필요 없어요."라고 말하면서. 할아버지가 워낙 완강한 바람에 통장을 받았고, 나중에 보니 무려 2,000만 원이 들어 있는 것 아닌가! 부인은 며칠 동안 고민하다가 할머니 부부가 자신보다 어려운 형편이어서 이를 돌려주기로 결심하였다. 하지만 할아버지는 "이렇게 산다고 우리를 우습게 보느냐?"면서 펄펄 뛰었다. 간신히 1,000만 원만 돌려주고 나머지는 혹시 두 사람에게 필요할지 몰라서 보관하고 있단다. 부인은 불평만 하던 그들이 자신을 믿어주었다는 점에서 기쁘고 큰 보람을 느꼈다고 한다.

비슷한 일이 가끔씩 있는 것 같다. 나도 재판하면서 이런 사건을 몇 건 처리하였다. 계획적으로 노인에게 접근한 교활한 사람도 있었지만, 대부분은 순수한 관계였다. 주택 한 채와 땅을 소유한 할머니가 죽으면서 땅은 자녀들에게 상속해주고, 훨씬 값나가는 주택은 10년 가까이 자신을 돌봐준 간병인 아주머니에게 증여하는 유언장을 남겼다. 정성을 다하여 돌봐준 간병인이 너무나 고마웠던 것이다. 자녀들과 간병인 모두 깜짝 놀랐고, 자녀들은 즉시 유언이 무효라는 소송을 제기했다. 간병인은 아무런 협의도 하지 않은 채 재판부터 건 그들이 괘씸하였지만, 내가 화해를 권고하자 흔쾌히 집의 절반을 포기하고 넘겨주기로 하였다. 사람 자체가 진실하고 똑바른 사람임을 직감할 수 있었다.

아무리 세상이 혼탁해져도 이처럼 진실과 정성이 통하는 관계가 있는 것 같다. 약한 사람이 정성스러운 보살핌을 받을 때 자신이 있는 그대로 받아들여지고 존중받는 것을 느끼며 행복해진다. 이러한 기쁨과 고마움은 무엇과도 비교할 수 없을 만큼 큰 것이리라. 의심 많고 괴팍하던 사람이 부드럽게 변하며, 생명이 꺼져가는 가운데에서도 자신을 보살펴준 이에게 전 재산에 가까운 선물을 남기는 모습은 아름답고 놀랍다.

그리고 신기한 일이 또 있다. 그날 지하철에서 부인에게 이를 예언한 할머니는 어떤 사람일까? 어떻게 그런 신통력을 가졌을까? 이 역시 우리 삶의 신비에 속하는 것이다.

잘 보이지 않지만 우리의 삶에서 이런 신기한 일들이 종종 일어나고 있는 것 같다. 이런 일들은 계산적이고 통속적인 삶에 신선한 충격을 주는 작은 기적들이다. 이런 신비한 일을 통하여 우리 삶 깊은 곳에 숨겨져 있는 아름다운 것들이 드러나는 것이다. 진실과 정성이야말로 삶의 기적을 일으키는 마법의 열쇠이며 이는 누구에게나 통하는 것 아닐까. 보다 올곧고 정성스러운 사람이 된다면 나에게도 기적을 맛보는 기회가 오지 않을까? 한번쯤은 이런 기적을 일으키는 마법사가 되어보고 싶다.

마약 법정의
졸업식

─────── 세계에서 감옥에 갇힌 죄수가 제일 많은 나라는 어디일까? 경제가 낙후되거나 교육 수준이 떨어지는 후진국이 아니라, 세계 최강국인 미국이다. 2009년 미국의 죄수는 250만 명으로 인구 198명당 1명꼴이다. 이 비율은 우리나라 죄수 비율의 5배에 달할 만큼 높다. 특히 흑인의 비율은 더 높아서 20대 중후반의 남자 흑인 10명 중 1명꼴로 감옥에 있다고 한다. 또한 대도시에서 20세 전후의 흑인이 생존할 확률이 월남전에 참전했던 군인의 생존율보다 낮다고 한다. 세계 최강국의 이면에는 이렇게 비참한 그늘이 있는 것이다.

그런데 이런 상황이 발생한 원인 중 가장 큰 것은 마약이다. 미국의 범죄 중 70% 정도가 마약과 관련이 있다. 마약중독자가 마약 살 돈을 구하려고 강도를 하거나 환각 상태에서 흉포한 범죄를 저지르는 것이다. 이러다 보니 마약에 중독되면 가벼운 범죄를 저질러도 엄한 처벌을 받고, 치료를 받지 못하면 상습 중독자가 되어 다시 중범죄를 저지르는 마약과 범죄의 악순환이 계속되어 최악의 죄수 국가가 된 것이다. 마약을 둘러싸고 마약중독자가 범죄와 법정 사이를 왕복하는 회전문 현상이 벌어지고 있는 것이다.

이 문제에 고민하던 미국의 한 법관이 1989년 처벌이 아닌 치료를 중심으로 한 마약 법정을 처음으로 시작하였다. 마약에 빠진 사람이 가벼운 범죄를 저질렀을 때 판사가 형벌을 선고하는 대신에 특별한 중독 치유 프로그램을 받을 것을 명한다. 1년 정도의 기간 동안 대상자가 프로그램에 따라 정상적인 생활을 하면서 정기적으로 상담사를 만나고, 사회봉사 활동을 하며, 정기적인 마약 검사를 받는데, 이를 성실하게 마쳐서 마약중독에서 벗어났다고 판단되면 법정으로 대상자를 불러서 형사 절차를 면제해주는 판결을 선고한다. 반면에 대상자가 이 절차를 제대로 받지 않고 회피하면 위 프로그램 절차를 취소하고 그를 형사 절차로 보내어 형벌을 선고한다. 치유 프로그램 절차의 이행을 형사 절차 회부라는 무기를 담보로 하여 진행하는 것이다.

이 훈련에는 심리상담사, 사회복지사, 보호관찰관이 함께 참여하여 프로그램을 세우고, 지도를 하며, 훈련 상황을 판사에게 보고한다. 판사는 정기적으로 대상자를 만나 훈련 상태를 감독하고 격려하고, 검사와 변호사도 서로 다투는 것이 아니라 협조하여 팀을 이루는 것이 특징이다. 법률가들이 심판자가 아니라 카운슬러에 가까운 셈이다. 이 프로그램의 핵심은 대상자가 자신의 문제를 깨닫고 자기 삶에서 새로운 희망을 갖도록 돕는 데 있다. 이러한 마약 법정에서 훈련을 마친 사람의 재범률이 현저하게 낮아서 현재는 미국 전역에 마약법정이 설치되어 운영되고 있다.

이러한 마약 법정에 관하여 감동적인 영상을 본 적이 있다. 마약중독으로 범죄를 저질렀던 청년이 프로그램을 무사히 끝내고 졸업식을 하는 장면이었다. 그가 재판을 받던 법정이 꽃다발과 웃음으로 가득 찬 졸업식장으로 변했다. 담당 판사가 따뜻한 미소를 지으며 청년을 포옹하고, 사회사업가인 노인이 함빡 웃으며 축하하는 짧은 연설을 하고, 보호관찰관, 가족과 친구들이 함께하며 기뻐하였다. 졸업식의 백미는 청년이 참석자 앞에서 졸업식 소감을 말하는 순간이었다. 자신이 마약에 중독되어서 실수를 많이 하였지만, 힘든 재활 훈련을 열심히 하면서 용기를 얻었고 새로운 삶을 살게 되었다고 상기된 얼굴로 이야기하는 것이었다. 판사와 상담사 등 도와준 사람들에게 감사하다면서 새로운 결심을 이야기할 때 그의 부모들이 눈물을 흘렸다. 법원이 프로그램을 끝내는 것으로 그치지 않고, 졸업식을 성대하게 열어주는 것 자체가 놀랍지만, 이러한 예식이 본인에게 매우 중요한 치유적 효과가 있다고 한다. 자신의 언어로 사람들 앞에서 신념을 새롭게 말함으로써 굳건히 설 수 있는 것이다.

마약이나 알코올중독으로 인한 범죄자는 대부분 일반인보다 훨씬 어려운 심리적 문제를 갖고 있다. 이러한 문제의 해결 없이 형사 처벌만 해서는 재범을 막을 수 없다. 다른 사람들이 범죄자의 개인적 심리적 문제를 함께 찾고, 그 문제를 스스로 해결할 수 있는 능력을 갖추도록 유도하고 도와줄 필요가 있다. 범죄자가 전문가들의 도움으로 힘든 훈련을 거쳐 이 능력이 키워질 때 그의 개인적인 문제가 해결되고 동시에 범죄도 막을 수 있다. 이것이 마약 법정의 출발점이고 이 방법만이 범죄에 대한 해결책이다.

재판이라고 하면 흔히 엄한 처벌을 하는 것을 연상하지만, 통념을 넘어서 현실을 새롭게 볼 때 완전히 다른 결과를 가져올 수 있다. 재판이 처벌 절차가 아닌 치유 프로그램이 되고, 판사가 엄격한 판단자가 아니라 상담자, 교사, 코치, 총감독의 역할을 맡는 것이다. 법의 근본 목적이 죄의 처벌에 있는 것이 아니라, 사람을 치유하고 변화시키는 데 있는 것 아닌가. 마약 법정이 웃음꽃이 핀 졸업식장으로 바뀐 것처럼, 재판 절차가 피고인의 생명을 되찾고 삶을 회복시키는 치유의 기회가 될 수 있다. 우리나라의 법정도 인간적인 감동이 넘치는 아름다운 법정이 되면 좋겠다.

강도의
불면증

────────── 형사재판장을 맡고 있을 때였다. 20대 후반의 피고인이 정신병이 있다면서 병력 조회 신청을 하였다. 그는 여자가 혼자 사는 원룸에 몰래 들어가 성폭행하고 돈을 빼앗는 상습적인 강도 강간범이었다. 근처에 숨어 있다가 여성이 문을 열 때 갑자기 따라 들어가거나, 열린 창문을 통해 들어가는 등 범행 수법이 지능적이고 대담하였다. 피해자가 여러 명이었다. 체구가 단단하고, 안색도 건강해 보여서 정신병이 있는 것 같지는 않았지만, 피고인이 원하기 때문에 정신과 진료를 받았다는 병원에 사실 조회 신청을 하였다.

그는 알코올중독자인 아버지에게서 심한 폭행을 당했고, 어머니가 가출하여 상처가 커서 정신적인 고통을 받아왔으며 이러한 정신적 상처가 원인이 되어 사회에 부적응하게 되고 성범죄를 저질렀으므로 형을 감경받아야 한다는 것이었다. 강도 범죄의 원인을 자신의 불행한 성장 환경이라고 주장하는 것이었다.

얼마 후 병원에서 그가 불면증이 심하여 한 차례 치료하였다는 회보가 왔다. 그런데 기록을 검토하다가 깜짝 놀랐다. 그가 정신과에 찾아간 날이 재판에 기소된 강도 범행을 저지른 바로 그날 아닌가. 그는 이른 새벽에 남의 집에 들어가 몹쓸 짓을 하고 그날 오후에 불면증으로 정신과에 들렀던 것이다. 어처구니가 없었다.

자신이 상처를 받아 범죄자가 되었다고 주장하는 사람이 정작 다른 사람들에게 끔찍한 상처를 주며 삶을 파괴하고 있다니. 그는 자신이 희생자라고 억울해 할 뿐, 자신의 잘못과 책임에 대하여는 생각하지 않았다. 법정에서 묻지 않을 수 없었다. "피고인의 상처만 중요합니까? 다른 사람에게 그런 고통을 주면서 피고인의 상처와 불면증이 나을 것 같아요?" 그는 질문의 의미를 못 알아듣는 것 같았다.

파스칼 브뤼크네르는 이러한 태도를 "유아적 엄살"이라

고 부르며, 이를 예전에 볼 수 없었던 현대인의 특징이라고 말한다. 프로이트 이후 사람의 무의식과 성장 과정에 대한 이해가 높아지면서 이전에 볼 수 없는 현상이 나타났다. 많은 사람들이 자기의 문제와 상처만 들여다보면서 자신은 부모, 학교, 사회의 희생자라면서 이들을 원망하고 지낸다. 자기 상처를 살펴달라고, 자기를 보살펴달라고 어린애처럼 징징대기만 하지, 스스로 일어설 마음을 갖지 않는다. 나에게 상처를 주어 내 삶을 망쳐놓은 사람을 비난하는 운명적인 희생자로 지내는 편을 택하고, 자기 삶을 주관할 엄두를 내지 못한다. 자기 책임을 직시하지 못하는 '어른 아이'인 셈이다.

우리 사회에는 이 현상이 더 심한 듯하다. 자기 책임을 인정하는 모습을 찾기 어렵고, 매사에 다른 사람, 다른 조직을 탓하는 데 힘을 소모한다. 개인적 차원을 넘어서 일종의 사회적 생존 전략의 하나로까지 변한 것 아닐까 걱정된다.

이 문제에 관하여 그리스 신화인 오레스테스 이야기만큼 의미심장한 것은 없을 듯하다. 인간인 오레스테스의 할아버지가 신들에게 대항하자 분노한 신들이 저주를 내린다. 그의 어머니로 하여금 아버지를 살해하게 한 것이다. 그리스 법에 의하면 아들은 아버지의 살인자를 죽여야 할 의무가 있으나, 반면 가장 큰 죄는 자식이 어머니를 죽이는 것이었다. 그는 극심한 고뇌 끝에 자신의 의무를 좇아 어머니를 죽인다. 신들은 그에게 악령을 보내어 밤낮으로 환청과 환영에 시달리도록 벌을 내린다.

끔찍한 고통을 겪은 그는 신들에게 벌을 면해줄 것을 요청했고, 아폴론 신은 다른 신들에게 자신이 이 저주를 일으켰으므로 그에게는 책임이 없다고 변호한다. 그러나 이때 그는 펄쩍 뛰면서 변호자인 아폴론 신을 반박한다. "내 어머니를 죽인 것은 나이지, 아폴론 신이 아닙니다." 신들은 깜짝 놀란다. 그의 가문에서 남을 비난하지 않고 스스로 책임을 떠맡은 사람은 없었기 때문이다. 마침내 신들은 저주를 풀고 악령을 지혜의 정령으로 변화시켜준다. 극심한 고통을 받던 사람이 지혜롭고 행복한 사람으로 변화한 것이다.

그는 자신이 아닌, 가족들의 죄로 벌을 받은 억울한 희생자임이 틀림없다. 그러나 그는 부당한 고통을 당했다고 여기지 않았다. 피할 수 없는 상황이었지만, 살인 행위 자체는 자신이 저지른 것이므로 자신이 책임져야 한다고 했다. 현재 상황이 자기 삶의 고유한 부분임을 인정한 것이다. 나의 상처와 상황을 누가 책임질 것인가? 오레스테스가 자기 삶에 철저히 직면했을 때 악령이 떠난 사실이 그 해답을 알려준다.

앞의 강도가 불면증을 치유하려면 정신과를 찾기에 앞서

자기 삶을 책임지겠다고 결심하고 상습적인 범죄 행각을 중단해야 하였을 것이다. 이 청년뿐이겠는가. 누구나 크건 작건 상처를 지니고 있고, 자기 삶을 직면하기는 쉽지 않다. 하지만 언제까지 남 탓만 할 것인가. 자기 삶을 대신 살아줄 사람은 없다. 자신의 모든 것을 자기 고유한 부분으로 기꺼이 받아들이고 일어설 때 진정한 자기 삶이 시작될 것이다.

사람의 향기는
저울로 잴 수 없다

──────── 서초동에 있는 대법원 1층 로비에 들어서면 법의 여신상이 한눈에 들어온다. 서양의 당당한 법의 여신상과 달리, 선녀를 연상시키는 고운 얼굴과, 칼 대신에 법전을 들고 앉아 있는 모습이어서 세계에서 가장 부드러운 법의 여신상 아닐까 싶다. 하지만 천칭을 들고 있다는 점에서는 여느 여신상과 동일하다. 법은 저울처럼 공평하게 양쪽의 무게를 재어야 한다는 뜻이리라. 판사의 '판(判)'이란 글자도 '칼(刀)로 반(半)을 나눈다'는 것이어서 저울과 같은 뜻이라 하겠다.

30년 훌쩍 넘는 세월을 재판에 관여하면서 살아왔다. 법관으로 30년, 변호사로 6년을 지내면서 법의 여신이 맡겨준 대로 조심스럽게 '저울질'을 해온 셈이다. 그런데 재판 경험이 쌓일수록 자신감 대신에 마음 깊은 곳에서 의구심이 더 커지는 것은 웬일일까? '이러한 저울이 과연 삶의 진실을 제대로 잴 수 있는 것인가?'

이런 의문이 처음 생긴 것은 서울가정법원에서 근무할 때였다. 남편이 아내를 상대로 이혼을 요구한 사건을 맡았다. 아내가 다른 남자와 간음한 사실을 인정하고 재산을 포기한다는 서면이 제출되어서 결론이 명백해 보였다. 그러나 조정기일에 두 사람을 직접 만나보니 속사정은 사뭇 달랐다.

두 사람은 결혼 초에 작은 음식점을 시작하였는데, 아내의 음식 솜씨가 좋아서 20년이 지나자 큰 식당을 차릴 정도로 성공하였다. 그때부터 남편이 다른 여자와 바람을 피우고 아내를 구타하기 시작하였다. 아내는 외도 증거를 잡아 강제로라도 남편을 돌아오게 하려고 뒤를 밟다가 이를 도와주던 남편의 친구와 실수로 불륜 관계를 맺었던 것이다.

아내는 조용하고 단아한 모습이었는데 얼굴에는 고통의 흔적이 역력했고 병색까지 돌았다. 아이들도 빼앗기고 집에서 쫓겨난 상태였다. 법정에 혼자 나온 아내는 작은 소리로 먹고살 돈을 조금만이라도 달라고 호소하였다. 그러나 남편은

펄펄 뛰면서 한 푼도 줄 수 없다고 하였다. 아내가 잘못을 저
지른 데에는 남편이 먼저 저지른 외도와 폭력이 결정적인 원
인이었지만, 그는 증거가 없다면서 당당하였다. 조정이 안 되
어 남편의 승소를 선고할 수밖에 없었다(당시에는 재산 분할 제도
가 없어서 법률상 아내에게 재산을 줄 방법이 없었다). 자책감으로 얼
굴을 들지 못하던 아내의 파리한 얼굴, 부릅뜬 눈으로 한 푼도
줄 수 없다고 하던 남편의 얼굴을 잊을 수가 없다. 칼릴 지브
란이 말했다.

> 그대 중 누군가가 부정한 아내를 재판하고자 한다면 그녀 남
> 편의 마음도 저울에 달고 영혼도 재어보게 하라.

두 사람을 '법의 저울'이 아니라 '영혼의 저울'로 달았다
면 어떻게 되었을까? 마음속 진실은 결코 법의 저울로 잴 수
없다는 점이 안타까웠다.

그 후에도 사건의 내용은 달랐지만 법의 저울로 도저히
평가할 수 없는 경우를 여럿 만났다. 자신에게 중상을 입힌 가
해자들의 형사재판에 증인으로 나왔던 초췌한 중년 남자를 잊
을 수 없다. 그는 증언을 하면서 가해자들의 모습을 보자 갑자
기 그들을 용서해주겠다고 말하였다. 합의를 하지 않았고 어

려운 형편인데도 연민이 그를 움직인 것 같았다. 절도 전과가 많은 어떤 피고인은 교도소에서 출소한 후에 일용 노동을 하면서 쉬는 날 길거리에 나가서 피에로 분장을 하고 어린이들과 놀아주곤 하였다. 슈퍼마켓에서 또 절도를 하여 재판을 받게 되었는데 피에로 놀이 한 것을 '일생에 가장 행복한 순간'으로 꼽아서 마음이 아팠다. 이런 것들은 재판 기록상으로는 '피고인들과 합의하였음', '상습 범죄 습벽 있음' 등 한 줄로 기록될 뿐이지만, 영혼의 저울이 있다면 그 아래 묻혀 있는 그들의 섬세하고도 깊은 마음을 소중하게 여길 것이다.

이러한 사람들은 향기로 기억되고, 그런 향기는 저울로 결코 잴 수 없다. 내가 해온 '법의 저울질'은 사회적으로 꼭 필요한 것이었지만, 결코 최종 해답도 아니었고, 온전한 판단과는 사뭇 거리가 멀었다. 그저 낮은 목소리로 나름 애썼다고 고백할 수밖에 없다. 법의 저울로 향기를 재는 것은 애당초 불가능한 일이고, 영혼의 저울은 결코 사람이 다룰 수 있는 것이 아니라고 말이다.

심증^{心證}과
물증^{物證} 사이

──────── 이전에 썼던 '사람의 향기는 저울로 잴 수 없다'를 읽은 독자에게서 편지를 받았다. 자신이 재판을 받았는데, 판사가 상대편 말만 듣고 편파적으로 판결하여 법의 저울이 완전히 망가졌다는 것이다. 그의 울분에 찬 편지를 읽으면서 두 사람이 떠올랐다.

몇 년 전 70대 초반의 노신사가 두툼한 서류를 들고 찾아왔다. 믿었던 측근이 자신을 속여서 큰돈을 빼돌렸는데 이를 찾는 소송을 맡아달라는 것이었다. 그의 표정과 말에서 정말 억울한 사정이 있음을 짐작할 수 있었다. 하지만 서류를 살펴보니 중요한 서면이 불리하게 작성되어 있었고 이에 관한 사문서 위조도 '혐의 없음' 처분이 되어 있는 것 아닌가. 더구나 이미 유사한 사건에서 패소가 확정되어 승소 가능성이 없었다. 사건을 맡을 수 없다고 하자 "돈을 잃은 것보다도, 이 거짓말을 밝히지 않으면 여생을 살 수 없다."면서 낙담한 채 돌아갔다.

오래전 살인죄 형사 사건 재판장을 할 때 만났던 노신사도 생각난다. 그는 재판 때마다 법정 첫 줄에 앉아 있었는데, 피해자가 그의 딸이었고 피고인은 그녀의 애인이었다. 여러 정황상 그가 범인임이 틀림없어 보였다. 하지만 증거 조사를 하여도 피고인의 범행에 관한 확실한 증거가 나오지 않았다. 이른바 '심증은 있으나 물증이 없는' 경우였다. 고심을 거듭한 끝에 증거 부족으로 무죄를 선고할 수밖에 없었다. 무죄 선고가 끝난 후 법정 밖으로 나가는 그의 뒷모습이 너무나 쓸쓸해 보였다. 며칠 뒤 그에게서 편지를 받았다. "확실한 범인에 대한 무죄 판결을 이해할 수 없으며, 이 판결이 확정된다면 이 나라를 떠나겠다."는 것이었다. 재판장으로서 마음이 무겁고, 가슴 아팠지만 다른 방법이 없었다.

재판에서는 이를 제기한 당사자가 증거를 제시해야 한다. 형사재판에서는 검사가, 민사재판에서는 원고가 증명을 해야 하는데 증거가 부족하면 패소하게 된다. 증명의 정도는 형사재판이 민사재판보다 훨씬 엄격하여서 '합리적인 의심의 여지가 전혀 없는 정도'로 증명되어야 유죄 판결을 할 수 있다. 다른 가능성이 조금이라도 있으면 무죄를 선고한다. 따라서 형사재판의 무죄에는 두 종류가 있는 셈이다. 첫째는 피고인이 범인이 아니라는 확실한 심증을 갖고 무죄 판결을 하는 경우이다. 이때 판사는 억울한 사람을 구하고 정의를 실현하였다는 데에서 말할 수 없이 큰 보람을 느낀다. 둘째는 유죄의 심증이 강하게 드는데도 물적 증거가 부족하여 무죄 판결을 해야 하는 경우다. 판사는 각종 증거 조사를 하면서 깊이 고민하게 되고, 피해자를 생각하면 심한 좌절감까지 느낀다. 유죄 심증이 특히 강하게 들었던 어떤 사건에서 무죄를 선고하면서 피고인에게 "범인인지 여부는 자신이 알 테니까, 만약 범인이라면 하늘의 판단이 있음을 알고 잘 지내라."고 말한 적도 있었다.

민사재판에서는 형사재판보다 거짓말이 더 흔하다. 상대방이 명백한 사실을 부인하면 당사자는 큰 충격을 받는다. 서면이 있으면 증명이 되어서 다행인데, 확실한 증거가 없는 경우에는 심증은 가지만 물증이 없는 사건이 되어 패소 판결을 받게 된다. 이로 인하여 울화병이 생기고 계속 비슷한 소송을 제기하면서 삶이 피폐해지는 사람도 적지 않다. 실제 사실과 판결 사이에는 차이가 날 수밖에 없다는 점을 받아들이기 어려울 것이다.

판사가 심증이 확실하다면 물증이 없더라도 과감하게 심증에 따라 판결을 하면 안 될까? 아마도 위의 두 노신사 같은 경우에는 억울함을 막을 가능성도 있을 것이다. 하지만 물증 없이 심증에만 의지하여 판결을 한다면 억울한 사람들이 얼마나 많이 생길지 모른다. 판사도 부족하기 짝이 없는 사람인데 그 심증이 언제나 옳다고 할 수 있을까. 오히려 이런 방법으로 판결을 한다면 재판이 아주 위험해질 것이다. 물증에 의한 재판의 원칙은 인간의 약점을 보완하기 위한 최소한의 장치인 셈이다. 최선이 아니라 차선을 선택할 수밖에 없는 것이 인간의 현실 아닌가. 결국 증명과 진실 사이에는 거리가 멀 때가 종종 생기고, 삶에서 생기는 이런 불공평함은 연약한 인간으로서 어쩔 수 없는 것이라고 자위할 수밖에 없다.

우리도
교황님처럼

─────── 지금 세계에서 가장 널리 사랑과 존경을 받는 사람은 프란치스코 교황일 것이다. 어디를 가든 마치 록스타가 온 듯 사람들이 모여들고 열광한다. 그를 가까이 보기 위하여 몇 시간씩 기다리는 사람들, 그를 보면서 울음을 터뜨리는 사람도 있다.

실제로 프란치스코 교황의 영향력은 엄청난 듯하다. 만나는 사람들에게 큰 힘을 주고, 변화시킨다. 2015년에 미국 의회에서 연설할 때 존 베이너 당시 하원 의장이 여러 번 눈물을 흘렸다. 그는 다음 날 정계 은퇴를 선언하였는데 교황과의 대화가 결정적인 영향을 미쳤다고 한다.

2014년 8월에 우리나라를 방문하였을 때는 더 극적이었다. 세월호 사건으로 갈기갈기 찢긴 우리의 마음을 보듬어주고 희망을 갖게 해주었다. 그와 함께한 며칠은 다툼과 의심이 사라지고 치유가 된 기분이었다. 마치 마법의 시간인 듯했다. 그는 무신론자들에게도 영성의 불꽃을 점화시켜 종교성을 회복시키고 있다. 나는 가톨릭 신자가 아니지만 그의 말에서 늘 기쁨을 느낀다.

교황의 이런 힘은 어디서 오는 것일까? 환하게 웃는 얼굴에서 선한 카리스마가 뿜어져 나온다. 어느 지도자에게서도 찾아보기 어려운 모습이다. 사람을 대하는 태도에서 진정한 관심과 정성을 느낄 수 있다. 교황이 되어 처음 한 일이 교도소를 찾아가 여성과 이슬람교도 죄수들의 발을 씻겨준 것이었다. 세월호 유가족 한 사람이 갑자기 세례를 부탁하자 그를 위하여 개인적인 세례를 베풀어주었다. 분 단위로 움직이는 바쁜 일정 속에서 이런 결정을 한 것이다.

생활 방식도 소박하다. 화려한 교황 궁 대신 작은 아파트에 거주하며 직원들과 같은 식당을 이용하고 작은 차를 탄다. 무엇보다 용기와 소신이 돋보인다. "나의 생명은 하느님 뜻에 달려 있다."라면서 방탄차를 타지 않는다. 마피아를 공개적으로 비판하고 자본주의와 금융 시스템의 탐욕을 경고하여 보수파로부터 공산주의자라는 공격을 받기도 하였다.

그러면 그가 결점 없는 성인일까? 교황이라고 왜 약점과 고통이 없겠는가. 아르헨티나에서 그는 가톨릭 고위층의 눈 밖에 나서 오랫동안 한직에 머문 적이 있고, 개신교 목사 앞에서 무릎을 꿇고 기도를 받아 가톨릭 신자들로부터 배신자라는 비난을 받은 적도 있었다. 원래 표정이 딱딱하고 심각해서 '모나리자'라는 별명이 붙을 정도였으며 추기경 사이에서도 무명에 가까웠다. 지금은 79세의 고령으로 바티칸에서 보수파와 힘겨운 씨름을 하고 있다.

이런 교황을 보면서 우리 자신에 대하여 새롭게 생각하게 된다. 그에게 감동을 받는 이유는 지위 때문이 아니라 진정한 사랑과 겸손을 보이기 때문일 것이다. 어지러운 세상에서 참희망과 선함을 보여주며 이런 삶이 가능하다고 증언해주기 때문이다. 그가 교황이 되지 않고 벽촌에서 평범한 사제로 지냈더라도 똑같이 환한 미소를 지으며 사람들을 돕고 희망을 주었을 것이다. 그가 주는 감동은 삶의 가치에 대한 희망과 확신에서 나온다. 사람이 어떻게 살아야 하는가를 소박한 자세로 보여주는 것이다.

우리는 이런 모습을 보고 있기만 할 것인가? 교황에게

세계를 상대할 임무가 주어졌다면, 우리에게는 각자가 맡아야 할 세계가 주어졌다. 가족, 친구, 학교, 직장 등 각자가 만날 사람과 해야 할 일이 있다.

세계의 크기는 본질적인 게 아니다. 출생과 환경에 따라 우연히 크고 작은 세계가 주어질 뿐이다. 중요한 것은 누구나 자신에게 주어진 세상에서 주인공이자, 이를 관리할 책임을 지고 있다는 점이다. 그렇다면 각자가 맡은 세상에서 어떻게 살아야 할 것인지는 자기에게 달렸다. 누구나 사랑, 겸손, 용기를 갖고 교황처럼 살아가기로 결단할 수 있다. 어려운 사람을 찾아가고, 도와주고, 작은 일도 올바르게 행하도록 노력할 수 있다. 우리로 인하여 몇 사람이라도 감동받고 살맛을 느끼게 된다면 교황처럼 사는 것이다. 세계적 차원이건 작은 모임이건 삶의 본질은 똑같다. 어떤 작가가 교황을 이렇게 표현하였다. "한 사람의 사랑과 겸손과 용기와 헌신이 수많은 사람을 위로하고 힘을 주고 변화시켰다."

그렇다면 우리는 이렇게 말할 수 있겠다. 한마디 덧붙이면서.

"우리의 사랑과 겸손과 용기와 헌신이 주변 사람을 위로하고 힘을 주고 변화시킬 수 있다. 우리도 교황님처럼!"

달걀을
맛있게 삶는 법

──────────── 두어 해 전부터 아침에 삶은 달걀 한 개씩
을 꼭 먹고 있다. 의사인 가까운 친구가 달걀은 완전식품으로
매일 먹어야 한다면서(달걀에 있는 콜레스테롤이 해롭다는 주장은
무시해도 된단다) 달걀을 맛있게 삶는 방법을 알려준 것이 시작
이었다.

물에 달걀을 넣고 가스 불을 켠다. 물이 끓기 시작하면 즉시
가스 불을 끄고 냄비 뚜껑을 덮은 뒤 7분 동안 기다린다. 그
후에 식혀서 먹는다. 반숙을 원하면 기다리는 시간을 7분 아

래로 적당히 조절한다.

이렇게 하니까 가스 불을 꺼야 할 때를 쉽게 알 수 있고, 가스도 절약되며, 무엇보다도 달걀이 늘 맛나게 익어서 여간 좋은 게 아니다. 전에 달걀을 삶을 때면(특히 내가 삶을 때) 반숙이 되거나 너무 삶아지곤 하였는데 그런 일이 없어졌다. 주변 사람들에게 이 방법을 전해주었는데 이를 알고 있는 사람이 한 사람도 없었다.

어느 날 삶은 달걀을 먹다가 문득 이런 생각이 들었다. 가장 흔한 음식인 달걀을 삶는데 이렇게 완벽한 방법이 있었구나! 이 방법을 사람들이 왜 모르고 지냈을까? 이처럼 달걀을 삶는 데 '더 좋은 방법'이 있다면, 우리 생활의 다른 부분에서도 자신이 모르는 '더 좋은 방법'이 있는 것 아닐까.

'더 좋은 방법'은 사물을 다루는 경우엔 정보나 지식이라고 말하고, 인간의 내면이나 관계에 관하여는 지혜라고 말한다. 어떻게 표현하든 지식과 지혜는 앞서 그것을 경험하여 잘 알고 있는 사람들이 경험이 부족한 뒷사람들에게 전해준다는 점에서 공통된다. 결국 '달걀을 맛있게 삶는 법'처럼 '인생을 멋지게 사는 법'도 배우고 찾을 수 있는 것 아닐까.

며칠 전 후배 변호사와 꽤 오래 이야기를 나누었다. 유능

하고 밝은 성품으로 주변 사람이 모두 좋아하는데, 정작 본인
은 자신이 무능하고 사람들에게 인정을 못 받는다면서 몹시
괴로워하였다. 맡았던 사건들의 재판 결과가 나쁜 데다, 과중
한 업무가 우울증의 원인 같았다. 그러나 이야기를 나누면서
문제의 진짜 원인을 알게 되었다. 그는 자신과 세상이 단단하
게 굳어져 있어서 결코 바뀔 수 없다고 믿고 있었다. 그의 장
점을 말해주어도 받아들이지 않고 변호사 특유의 논리로 피해
가기만 하였다. 자신에 대한 인식이 딱딱하게 굳어져서 다른
가능성은 생각하지 못하였다. 마치 달걀을 더 맛있게 삶는 다
른 방법은 있을 수 없다고 믿고 있는 사람 같았다.

　몇 년 전 춘천지방법원에 근무할 때 일이다. 춘천시 외곽
에 있는 닭백숙 집에 종종 가곤 하였다. 허름한 방에 테이블이
몇 개 있는 작은 집이었는데 70세 가까운 할머니 혼자서 지키
고 있었다. 한적한 농가인 데다 음식 맛도 좋아서 서울에서 친
구들이 오면 그 집을 일부러 찾곤 했다. 어느 날 음식을 기다
리던 중 방의 벽에 걸려 있는 글과 그림이 눈에 들어왔다. 서
툰 글씨로 써놓은 시 구절과 크레용으로 그린 그림들인데 초
등학생 수준으로는 내용이 좀 유치하면서 조숙하기도 하고('인
생이란?'이라는 제목도 있었다) 엉뚱해서 재미있었다. 할머니에게
"손주들 솜씨가 좋아요."라고 했더니, 뜻밖의 답이 돌아왔다.

당신이 만든 것이라면서 깔깔 웃는 것이었다. 평생을 까막눈으로 살다가 몇 년 전 자원봉사자로부터 글과 그림 그리기를 배웠다는 것이다. 글자를 배우니 너무 신이 나서 떠오르는 생각을 시로 자주 쓴다고 하였다(그 말을 듣고 즉시 위 작품을 모두 사진 찍었다). 여러 사정으로 보아 평생 편한 삶은 아니었을 텐데 할머니는 말을 시원스럽게 하고 쾌활하면서 전혀 주눅 들어 보이지 않았다.

자기 집의 닭백숙은 다른 집의 것과는 맛이 좀 다를 것이라고 자랑스레 말하면서 "이제 소설이란 걸 읽어보고 싶은데, 무엇이 좋겠소?" 묻는 것이었다.

일류 변호사와 무학의 할머니. 이들을 떠올리면 '인생은 자신이 이를 어떻게 받아들이고 대하느냐'가 결정적이라는 생각이 든다. 이는 늘 먹는 달걀을 삶는 데 더 좋은 방법이 있을 수 있다는 사실을 믿느냐와 연결되어 있다면 지나친 비약일까. 자신을 넘어서는 지혜가 있다는 믿음, 이를 배우면 현재의 내 삶이 바뀔 수 있다는 믿음이 인생을 변화시킬 수 있지 않을까. 달걀을 먹으면서 종종 이런 생각에 잠기곤 한다.

두 마디의
주례사

―――――――― 얼마 전에 친지의 딸 결혼식이 있었다. 도
심에 있는 예식장에서 열렸는데 하객들이 많아서 몹시 붐볐
다. 결혼식이 시작되자 주례자는 보이지 않고 사회자가 유쾌
한 입담으로 예식을 이끌어갔다. 신랑 입장, 신부 입장, 맞절
이 끝나자 신랑 신부 친구들이 나와서 신나게 노래를 불렀다.
혼인 서약을 하기 전에 예물 교환을 먼저 하였다. 통상적인 순
서와는 전혀 달랐는데 주례 없는 결혼식을 하는 것 같았다. 간
간이 터지는 웃음에 유쾌함과 싱그러움이 넘쳐났다. 친구들이
신부에게 꽃 한 송이씩을 주는 순서가 끝나자 갑자기 신부의

아버지가 주례석으로 올라오는 것 아닌가. 그가 신랑 신부에게서 혼인 서약을 받고 성혼 선언을 하더니 주례사를 한다고 하였다. 센스 넘치고 달변인 그가 무슨 말을 할지 궁금하여 귀를 기울였다. 그런데 뜻밖에도 주례사는 단 두 마디였다.

"이제 두 사람이 부부가 되었습니다. 알콩달콩, 토닥토닥 잘 살기 바랍니다."

양가 부모에 대한 인사를 끝으로 결혼 예식이 끝났다. 신랑이 부모 앞에서 눈물을 줄줄 흘려서(신부는 생글생글 웃고 있는데) 하객들이 폭소를 터뜨렸다. 여느 결혼식과 달리 하객들이 순서마다 박수를 크게 쳤고 아주 재미있어 하였다. 젊은이들의 꾸밈없는 태도와 격식 없는 절차로 유쾌하고 소박한 결혼식이 되었다. 그중에서도 주례사가 압권이었다. 나는 충격에 가까운 감동을 받았다. 나도 종종 주례를 하는데 간단히 하려고 해도 보통 5분이 넘었다. 긴장한 신랑 신부에게 주례사가 들릴 리 없을 터이지만 덕담을 해주어야 해서 어쩔 수 없었다. 하지만 이 주례사를 듣고는 생각을 달리 하지 않을 수 없었다. 백 마디 근사한 말보다 '알콩달콩, 토닥토닥'이란 두 마디가 마음에 훨씬 더 깊이 남지 않겠는가. 알콩달콩은 사랑과 재미를, 토닥토닥은 갈등과 조화를 뜻한다. 부부 생활에는 원래 사랑과 갈등의 두 가지 요소가 있는데 이를 이 두 마디에 담은 것이다. 보통의 주례사가 산문이라면, 이 주례사는 시(詩)였다. 산문은 잊히지만, 시는 여운이 길게 남는다.

대변약눌(大辯若訥)! 잘하는 말은 더듬는 것처럼 서툴게 들린다. 대교약졸(大巧若拙)! 참으로 뛰어난 재주는 거칠고 치졸한 것처럼 보인다. 주례사 두 마디를 듣고는 대구(對句)처럼《도덕경》두 구절이 떠오른 것이 우연일까? 말은 짧을수록, 태도는 솔직할수록 힘이 있는 법이다. 화려한 껍데기보다 거친 진정함이 진짜 감동을 준다. 늘 알고 있는 사실이지만 딸의 결혼식에서 두 마디로 주례사를 하는 것을 보면서 진정한 힘에 관하여 다시 생각하게 되었다. 정말 이 결혼식의 기획이 놀라웠다.

피로연 자리에 마침 신부 아버지의 동서가 내 옆에 앉았다. 결혼식이 정말 감동적이라고 말하자, 그는 묘한 표정을 지었다. 잠시 후에 속사정을 말해주었다. 사실은 원래 주례를 맡기로 하였던 사람이 착각을 일으켜(다른 사람의 청첩장을 잘못 보았다고) 다른 예식장으로 가는 바람에 제시간에 올 수가 없었던 것이다! 결국 결혼식 시작 10분 전에 비상 대책을 세울 수밖에 없었고, 그 대책이 전반부의 주례 없는 결혼식, 후반부의 신부 아버지 약식 주례였다. 같은 테이블에 있던 사람들이 모두 웃음을 터뜨렸다. 나는 큰 감동을 받았던 사실이 멋쩍어졌다. 미리 계획한 것이 아니라 단순히 실수로 일어난 해프닝이란 말인가?

　　하지만 이 결혼식은 어느 것보다도 멋지게 진행되었고, 주례사는 하나의 전범이 될 정도로 깊은 인상을 준 것 아닌가. 절체절명의 상황에서 궁여지책으로 졸속으로 꾸민 것이라고 하여도 결국 신랑 신부나 친구, 신부 아버지의 됨됨이에서 나온 것이리라. 알콩달콩, 토닥토닥이란 말은 신부 아버지의 마음속에 잠자고 있다가 그 순간 밖으로 튀어나온 것일지도 모른다. 집으로 돌아오는 길에 인생에서 무엇을 도모함에 대하여 생각하였다. 우리는 계획을 세우고 세심하게 준비하느라고 노심초사하지만 결국은 우리 됨됨이만큼만 이루는 것 아닐까. 노력하기는 하되, 어느 일에도 너무 매달릴 필요는 없을 것이다. '최고'는 애써서 도모한다고 이룰 수 있는 것이 아니니까 말이다.

사소한 일은
없다

─────── 2016년 1월 말에 미국에서 우주왕복선 챌린저호 폭발 30주기를 추모하는 행사가 열렸다. 1986년 1월 28일 탑승자 일곱 명을 태운 챌린저호가 발사된 지 73초 만에 공중에서 폭발하여 전원이 사망하였다. 그 원인은 어처구니없게도 작은 고무 부품 하나로 밝혀졌다. 연료 탱크 주입부에 설치한 고무 패킹인 오(O)자형 링이 불량품이어서 그 틈새로 연료가 누출되었던 것이다.

당시 날씨가 추워 고무가 탄성을 잃고 굳어졌기 때문이었다. 실무자들이 이러한 위험성을 알고 발사 연기를 건의하였으나, 수뇌부는 수십 만 개의 부품 중 하나에 일어난 '사소한' 문제로 보고 발사를 강행하였다.

수십 억 달러짜리 우주 왕복선이 고작 수백 달러도 안 되는 고무 링 때문에 폭발하다니! 참으로 어처구니없어 보이지만, 이 사건은 일 처리에 대하여 중요한 원리를 가르쳐준다. 큰일은 결과와 외형이 커 보일 뿐 실제는 작은 일로 구성되며, 따라서 작은 일을 처리하는 태도가 큰일의 결과를 결정한다는 사실이다. 이 폭발은 미국항공우주국(NASA)에서 이루어진 부품 관리 부실과 의사 결정의 경직성이라는 일상적인 문제에서 비롯된 것이다. 그 이전에도 고무링은 같은 문제가 있었는데 다행히 날씨가 춥지 않아 굳어지지 않았던 것뿐이었다.

이러한 원리를 통계 법칙으로 정립한 사람도 있다. 보험회사 직원인 허버트 하인리히는 산업재해로 인한 상해 사건을 오래 처리하다가 일정한 패턴이 있음을 발견하였다. 산업재해로 중상자가 한 명 생기면, 같은 원인으로 발생한 경상자가 29명, 위험을 당할 뻔한 잠재적 피해자가 300명이 있다는 사실이었다. 즉 큰 재해와 작은 재해 그리고 잠재적 사고의 발생 비율이 1:29:300이라는 것이며 이를 '하인리히 법칙'이라고 부른다. 큰 사고는 우연히 발생하는 것이 아니라 그 이전에 경미한 사고들이 반복되는 과정 속에서 생기며, 작은 사고들은 큰 사고의 원인을 미리 알려주는 기능을 하는 것이다. 따라서 작은 일에 주의하면 문제의 근원을 알며, 큰일을 막을 수 있는 것이다. 그런데 이런 원리가 이와 같은 사고에만 적용되는 것일까?

일은 크거나 작거나 신중하게 하여 함부로 해서는 안 된다. 작은 일을 함부로 하게 되면 큰일도 함부로 하게 된다. 큰일을 함부로 하지 않는 것은 작은 일을 함부로 하지 않는 것에서 시작된다.

남달리 자기 훈련에 치열하였던 정조 대왕이 남긴 말이다. 우리는 흔히 중요한 일과 사소한 일을 구분하여 열심을 내기도 하고, 긴장을 풀기도 한다. 그런데 일상적인 사소한 일이 과연 진짜로 작은 일인 것일까? 사소한 일은 의식적인 노력을 안 하므로 원래 상태가 그대로 나타나고, 근원적인 문제가 드러나게 된다. 결국 사소한 일은 본질적인 면을 갖고 있으며 그 처리 방법을 보아 자신을 알 수 있고, 이를 제대로 하면 종국에는 좋은 결과를 얻을 수 있다. 나아가 작은 일에 충실하면 단순한 사고 방지로 끝나지 않는다.

작은 일에 충실할 때 주변에 얼마나 멋진 결과를 가져오는지에 관하여 감동적인 글을 읽은 적이 있다. 남아프리카공화국의 흑인 대주교인 데스몬드 투투는 넬슨 만델라와 함께 남아프리카공화국의 인종 차별 문제를 해결하는 데 노력해 노벨 평화상을 받았다. 그는 인생의 결정적 순간으로 아홉 살 때 경험을 꼽았다.

그는 가정부였던 어머니에게 백인 신부가 모자를 벗고 공손하게 인사하는 것을 보았다. 그 신부는 아파르트헤이트(남아프리카공화국의 인종 차별 정책) 반대 운동을 하는 사람으로 당시 백인이 흑인 여성에게 인사하는 것은 상상할 수 없는 일이었다. 그는 신부가 인사하는 모습에서 인생을 바꿔놓을 무엇인가를 보았던 것이다. 그는 이 경험이 자신을 신부의 길로 이끌고 평생 용기를 주었다고 말했다.

이렇듯 작은 행동 하나가 이 시대의 영웅 한 사람을 만들어낸 셈이다.

세상에 사소한 일은 없다. 겉으로 작아 보이는 일이 실제로는 더 본질적인 것일 수 있다. 일상의 사소한 일을 보다 정성스럽게 대하면 좋겠다.

큰 물고기,
작은 연못

──────── '소꼬리보다 닭의 머리가 낫다'라는 속담
이 있다. 큰 조직에서 끝자리에 있는 것보다 작은 모임이라도
중심을 차지하는 것이 좋다는 뜻이다. 이는 어느 시대, 어느 사
회에서나 늘 부딪치는 중요한 문제 중 하나이다.

이에 관하여 미국에서 흥미로운 연구를 하였다. 하버드,
예일 등 일곱 개 명문 대학에서 경제학 박사 학위를 받은 사람
들의 박사 과정 성적을 석차에 따라 분류한 다음, 이들이 학자
가 되어 6년간 발표한 논문의 수를 조사하였다. 학술적으로 중
요한 논문만 엄선하였다. 그 결과 박사 과정 성적이 5퍼센트

이내에 든 최상위권은 평균 두 편 내지 4.5편의 논문을 발표하였는데, 20퍼센트권은 0.5편, 0.1편밖에 내지 못하였다. 최고의 인재들이 모인 명문대에서 20퍼센트권에 든 사람이라면 상당한 실력파일 텐데 고작 0.5편밖에 쓰지 못하였다는 것은 의외이다. 40퍼센트권은 사실상 학자로서의 장래가 없다고 보인다.

연구 팀은 명문대와 비교할 수도 없는 하위권 대학을 동일한 방법으로 조사하였는데 결과는 더 뜻밖이었다. 하위권 대학의 상위 1퍼센트는 한 편 내지 세 편의 논문을, 5퍼센트권은 0.3편 내지 1.8편의 논문을 발표하였다. 하위권 대학의 최상위권이 명문대에서 보통 성적을 얻은 학생들보다 훨씬 뛰어난 능력을 보인 것이다. 이 연구는 치열한 경쟁을 뚫고 명문대에 들어온 수재들의 상당수가 결과적으로 퇴보하였다는 사실을 보여주고 있다. 그 원인은 무엇일까? 상대적 박탈감 이론에서 찾을 수 있다. 사람은 자신을 넓은 맥락 속에서 보는 것이 아니라, '한 배를 탄' 사람들과만 비교함으로써 국지적으로 자신에 대한 인식을 형성하는 것이다. 우리가 느끼는 자기 인식은 항상 상대적이다.

이처럼 교육 현장에서 상대적 박탈감을 느끼는 현상을 '큰 물고기, 작은 연못 효과'라고 부른다. 작은 연못에서 큰 물고기로 지낼 수 있는 물고기들이 더 넓은 연못에서 자기보다 큰 물고기를 만난 뒤 자신을 왜소하게 느끼는 것이다. 명문 학교일수록 학생들은 자신의 능력을 열등하게 느끼기 쉽고, 보통 학교에서는 최상위에 있을 학생들이 바닥으로 떨어져 자신감을 잃은 채 힘겹게 지내게 된다.

> 큰 연못은 대가가 너무 클 수 있다. 우리는 스스로를 같은 조건에 있는 사람들과 비교하는데, 이는 명문 학교에 다니는 학생들이 경쟁이 덜 치열한 분위기에서는 느끼지 않을 부담감을 떠안게 된다는 것을 의미한다. 큰 연못은 정말로 뛰어난 학생들을 데려가서는 이들의 기를 꺾어버린다. 단점처럼 보이는 것에 실로 얼마나 많은 자유가 있는지를 과소평가하고 있다. 원하는 무엇이든 할 수 있는 기회를 극대화할 수 있는 곳은 작은 연못이다.
>
> 말콤 글래드웰의 《다윗과 골리앗》 중에서

우리 사회에서는 이 문제가 더 중요한 것 같다. 부모는 아이를 '큰 연못'에 들여보내기 위하여 어릴 때부터 영재 교육이니, 조기 교육이니 하면서 애를 태운다. 명문 대학을 나와야 대접을 받는다는 공포에 가까운 학벌 콤플렉스 때문이다. 그런데 그 대가가 이처럼 치명적일 수 있다는 사실을 직시하는 것일까. 실제로 내 주변에 국내외의 명문 대학을 나와서 더 이상 발전하지 못하고 주저앉은 청년이 여럿 있다. 나도 이른바 명문 학교를 다니는 내내 내 능력에 대한 회의와 불안감을 떨쳐버릴 수 없었다. 나보다 훨씬 뛰어난 성적을 내는 학우들을 볼 때마다 무력감을 느꼈다. 지금 와서 보면 매우 비합리적인 느낌이었다고 생각되지만 당시에는 심각한 문제였다. 사회생활을 하며 세상의 여러 일을 겪으면서 차츰 자기 인식이 바로 잡혀온 것 같다.

청년들은 특히 자신에 대한 인식이 아주 제한적인 것임을 깨달으면 좋겠다. 내가 만약 청년으로 돌아가 새로 시작한다면 보다 넓고 자유롭게 자신을 받아들일 것 같다. 인생 100세 시대에는 자기가 얼마나 큰 연못 출신인지는 의미가 없고, 오히려 자신이 얼마나 크고 힘이 넘치는 물고기인지가 중요할 것이다. 그러려면 연못 크기를 따질 것이 아니라 어떤 연못이 더 마음에 드는가를 살펴야 할 것이다. 자기답게 사는 사람만이 계속 성장할 수 있으니까.

30분의
기적

─────────── 얼마 전 신문에서 재미있는 사진을 보았
다. 중년의 서양인 부부가 15명의 청소년과 한 줄로 서서 웃는
모습이었다. 청소년 단체의 사진인 줄 알았는데 한 가족의 사
진이었다! 20대 청년부터 7살 막내까지 자녀들이 부모 옆에
키 순서대로 나란히 서 있었다. 정말 한 엄마가 모두 낳았을까
의문이 들 정도였다. 엄마인 로사 피크는 마음씨가 넉넉하고
활달해 보였다. 그녀는 스페인 사람으로 지금 51세인데 1989
년 결혼 후 18남매를 낳았다. 한 달에 비스킷만 1,300개, 화장
지 95개가 필요하단다. 경제적으로 여유가 없어서 자신도 계

속 직장 생활을 해오고 있다.

15명의 자녀를 기른 그녀의 생활은 도저히 상상할 수가 없다. 계속 임신을 하면서 15남매를 키워내다니! 그중 셋을 심장병으로 잃는 고통도 겪었다. 나의 지인 중에 쌍둥이 아가를 기르던 엄마가 지쳐서 병원에 입원하는 경우도 보았는데 여기 비하면 그녀의 생활은 기적에 가깝다. 그녀는 생활의 비결이 무엇인지 묻는 질문에 이렇게 대답하였다.

"매일 아침 미사에 갑니다. 미사 후 30분 동안 묵상을 해요. 그날 할 일을 정리하고 계획도 세우죠. 그게 저의 가장 큰 힘입니다. 저만의 마약인 셈이죠. 하루 30분의 기적입니다. 종교는 달라도 누구나 할 수 있어요. 바쁘면 바쁠수록 멈춰 서는 시간이 필요합니다."

그녀의 비결은 시간 관리나 생활의 요령 같은 것이 아니었다. 아침에 갖는 30분의 묵상이 핵심이었다. 아이들을 키우려면 아침 시간이 엄청나게 바빴을 텐데, 그녀는 이러한 묵상을 생활에서의 최우선 과제로 여겼던 것 같다. 마약이라고 표현할 정도로 이 시간은 힘의 근원이 된 것이다.

이러한 시간이 그녀에게만 특수한 효과가 있는 것일까? 그렇지 않을 것이다. 스마트폰과 인터넷은 현대의 역설적인 정신적 상황을 나타낸다. 정보 유통량이 엄청나게 늘어나지만 정작 사람들의 정신적 힘은 오히려 퇴보하고 있는 듯하다. 사람들은 정보에 파묻혀 스스로 생각하는 능력은 더 약해진 것 아닌가.

따라서 어떤 형식이건 정신적 훈련이 필요하다. 건강한 신체를 위하여 운동이 필요하고, 미용을 위하여 다이어트를 하듯이 정신을 위하여도 단련을 하여야 한다. 정신적 훈련 방법은 종교적 기도나 명상, 요가, 호흡법 등 여러 가지가 있는데 사람마다 맞는 것이 있다. 어떤 방법이건 하나를 정하여 매일 일정 시간을 내서 자신의 내면에 들어가 침잠하는 훈련을 하면 된다.

나는 가톨릭 신자는 아니지만, 예수회 출신인 제임스 마틴 신부의 책을 통하여 알게 된 방법을 배우고 있다. '의식 성찰'이라고 불리는 것인데 나에게 제일 맞는 것 같다. 예수회는 교회 내부에서 활동하는 것보다 대도시나 시장과 같이 현실 생활 속에 살면서 수련하는 것을 우선하는 수도회이다. 프란치스코 교황도 이곳 출신이다. 그 성찰 방법도 실제 생활에서 살아가면서 부딪치는 문제들을 어떻게 다룰지에 중점이 있고 구체적이어서 무신론자나 다른 종교인들에게도 큰 도움이 된다고 한다. 이는 다음 5단계를 거친다.

1. 편한 자세로 앉아서 심호흡을 하면서 마음을 가라앉히고 자신과 주변 환경을 찬찬히 의식적으로 살펴본다.

2. 하루 동안 일어났던 일 중에서 좋았던 것을 떠올리고 감사한 마음을 갖는다. 큰일이 아니더라도 맛난 커피, 따뜻한 햇살도 감사 대상이 된다. 진짜 좋았던 것을 정성스레 음미하는 것이다.

3. "오늘 무슨 일이 있었는가?" 질문하며 영화를 보듯이 반추해본다. 무슨 일을 했고, 어떤 생각과 말을 했는지 되돌아본다. 본 것, 소리, 느낌, 대화 등 모든 것을 떠올려 살핀다.

4. 잘못했거나 거짓되었다고 느껴지는 일이 있으면 이를 반성하고 피해를 입은 상대와 화해하기로 결심한다.

5. 내일이 더 나은 하루가 되도록 스스로 마음을 준비한다. 하늘의 은총을 구하거나 자신을 용서하고 용기를 내도록 한다.

하루에 한 번이나 두 번씩 이런 훈련을 집중하면 서서히 자신의 의식이 어떻게 움직이는지 알게 되고 마음의 평화가 깃드는 것을 느낄 것이다. 이렇게 하다 보면 어느 날 '30분의 기적'이 우리에게도 찾아올지 모른다.

나는
실패했습니다

─────── 40대 부인이 제기한 이혼소송의 재판장을 맡았을 때 일이다. 평소에는 얌전하지만 술만 먹으면 짐승처럼 변하는 남편과 도저히 함께 살 수 없다는 것이었다. 진단서와 각서 등 폭행의 증거가 명백한데도 남편은 "술에 약간 문제가 있을 뿐이지, 심한 폭행은 한 적이 없다."라며 책임을 부인하였다. 알코올중독 때문에 아내가 얼마나 큰 고통을 당하고 있는지 제대로 인식하지 못하는 것 같았다. 그는 여러 차례 술을 끊으려고 하였지만 잠시였고 점점 더 난폭해져서 정상적인 가정생활을 할 수가 없었다.

이혼 사건뿐 아니라, 상해나 살인 등 많은 범죄가 술 때문에 일어난다. 재판을 하다보면 '범인은 사람이 아니라, 술이 아닌가' 할 정도로 알코올중독의 폐해는 심각하다. 특히 술에 대한 우리 사회 특유의 관용적인 분위기 때문인지 우리 사회에는 알코올중독자가 걱정스러울 정도로 많다. 알코올중독은 단순히 과도한 술버릇의 문제가 아니라 정신적 질병에 해당한다. 중독 상태가 계속되면 신체와 정신이 황폐해져서 자신과 가족들의 삶을 완전히 망가뜨린다. 그런데 이 병은 심리적 문제와 사회적 부적응, 회피적 태도 등 뿌리 깊은 원인이 있어서 치료가 아주 어렵다. 아무리 노력해도 번번이 실패하고 결국 포기하는 사람들이 많다.

이 병을 치료하는 데 가장 좋은 방법으로 AA라고 부르는 '익명의 알코올중독자 모임(Alcoholics Anonymous)'이 있다. 중증의 알코올중독자였던 윌리엄 윌슨이 여러 차례 술을 끊으려다가 실패한 후에 우연히 깊은 체험을 하면서 중독증을 벗어나게 되자, 스스로의 경험을 바탕으로 창안한 것이다. 1935년 시작된 이래 전 세계에 퍼져 나가 많은 사람을 구했고, 우리나라에도 100여 개의 모임에 3,000여 명이 가입하였다. 이는 단순히 술을 끊는 훈련을 하는 것이 아니라 마음 자체가 바뀌는 영적, 심리적 차원의 치유 방법으로 평가받고 있다.

이 모임에는 알코올중독자가 밟아야 하는 12단계의 프로그램이 있는데 중독자는 이 모임에 계속적으로 참가하여 동료들의 도움을 받으며 따라간다. 이 프로그램은 3가지 핵심적인 원리로 이루어진다.

출발점은 알코올중독자가 자신의 상태를 정직하게 대면하고 인정하는 것이다. 중독자는 대부분 자신이 알코올중독자라는 사실을 인정하려 하지 않는다. 언제든지 마음만 먹으면 술을 끊을 수 있으며 심각한 문제가 아니라고 회피한다. 술에 중독된 무기력하고 나약한 자신을 직면하는 것이 고통스럽기 때문이다. 하지만 자신이 중독에 빠져 있으며 자기 힘으로 이를 통제할 수 없다고 인정해야 치유가 시작된다. 중독자가 이 모임의 동료들 앞에서 "나는 알코올중독자입니다."라고 공개적인 고백을 하는 순간 치유의 문이 열리기 시작한다.

둘째 단계는 자신보다 '더 위대한 힘'에 자신을 맡기는 것이다. 자기 힘으로 발버둥쳐보았지만 모두 실패하였음을 인정하고 자신이 모든 것을 통제하고 주관한다는 자기중심적 사고방식을 버리는 것이다. 더 큰 힘이 자신을 치유할 수 있음을 믿고 그 힘 속으로 들어가는 것이다. 위대한 힘은 특정 종교와 관련이 없다. 오히려 참가자 중에는 무신론자가 많다. 중독자는 신, 영성, 참자아 등 표현에 관계없이 자신을 넘어서는 어떤

위대한 것과 접촉하는 법을 배운다. 앞선 경험자들의 도움을 받으면서 차츰 초월적인 힘에 대하여 이해하게 된다. 그 힘에 자기 삶을 맡기고 통제를 포기할수록 삶이 더 질서 있게 된다는 사실을 체험하면서 그 도움을 받게 된다.

마지막 단계는 이러한 깨달음을 다른 중독자에게 전하고 돕는 것이다. 다른 중독자들이 형편없는 사람이 아니고, 자신과 같이 연약하고 불완전한 인간임을 이해하게 된다. 이미 중독증을 벗어났지만 싸움을 계속해야 하는데, 다른 중독자를 돕고 격려하는 가운데 새 힘을 얻는다. 신참자들은 중독증을 이겨낸 경험자의 진솔한 과거 실패담을 들으면서 자신도 희망이 있다는 것을 느낀다. 고통받는 사람끼리 깊이 연결되어 함께하는 과정에서 서로 힘을 얻고 자신과 타인을 새롭게 보게 된다.

이러한 원리는 알코올중독증뿐 아니라 우리 삶의 깊은 상처들이 어떻게 치유되는지를 알려준다. 자신의 무력함을 인정하고, 보다 큰 힘에 의지하며, 남을 도와주는 삶의 방식이 삶의 근본 방법이라는 것이다. 이 원리는 종교와 철학 등 인류의 영적 지혜와 통한다. 우리는 정도 차이는 있지만 모두 내면의 상처로 고통받고 있고 이를 치유받기 위하여 애쓰고 있다.

치유란 자신에게서 불완전함과 나약함을 제거하는 것이

아니라, 이를 정직하게 끌어안는 결단에서 시작된다. 치유의 힘은 완전함이 아니라 중독에 빠질 정도의 깊은 상처와 실패를 정면으로 통과할 때 오는 것이다. 우리를 불구로 만드는 것은 결점과 나약함이 아니라 이를 감추고 회피하는 태도이다. 이렇게 노래하면서 살라는 것이다. "나는 괜찮지 않다. 당신도 괜찮지 않다. 하지만 괜찮다. 정말 괜찮다!"

우리는 모두 문제가 있지만, 그것이 우리의 본질임을 받아들이면 문제가 해결책으로 변한다. 자신의 연약함을 통하여 자신을 넘어서는 것을 구하고, 결국 위대한 것을 만나게 되기 때문이다. 삶의 치유 원리는 의외로 단순하다. "나는 실패했습니다. 그래서 치유를 원합니다."라고 정직하게 고백할 때 치유가 시작되는 것이다.

프라하로
가는 길

──────── 크라쿠프에서 프라하로 가는 기차는 여름 휴가철인데도 승객이 별로 없었다. 국경을 넘어서자 승무원이 바뀌고 열차 내 카페의 커피 값을 직전에 받았던 폴란드 돈 대신에 체코 돈만 받는 것이 신기하였다. 차창 밖으로 푸른 숲과 평원이 이어졌지만 마음이 편치 않았다.

사실 이 여행은 편할 수 없는 여행이었다. 뮌헨의 다하우, 크라쿠프의 아우슈비츠, 프라하의 테레진 등 세 나라의 유대인 수용소를 찾아보는 여정이었다. 젊었을 때부터 마음에 품어온 여행이었는데 아우슈비츠는 떨치기 어려운 잔상을 남겨놓았다. 녹슨 채 남아 있는 연통과 철창만 보고도 숨이 막힐 듯하였다. 이 철길 역시 수많은 유대인의 운명을 결정한 길이다. 동유럽의 유대인들이 프라하로 끌려와 이 철길로 아우슈비츠로 이송되었다. 나는 안락하게 기차를 타고 있지만, 이 철길로 수많은 사람이 공포 속에서 죽음을 향하여 갔던 것이다.

그런데 이 길은 위 비극 이전부터 유명한 길이었던 것 같다. 유대인 철학자 마르틴 부버가 이 길에 관한 아름다운 이야기를 남겼다. 옛날에 크라쿠프에 가난한 유대인 랍비가 살고 있었다. 밤에 꿈을 꾸었는데, 프라하에 가서 왕궁으로 건너가는 다리 밑에 묻혀 있는 보물을 찾으라는 것이었다. 같은 꿈을 세 번 꾸자 그는 이웃에게 돈을 꾸어 프라하로 떠났다.

그러나 왕궁 앞에 도착해보니 그 다리는 경비병들이 밤낮으로 지키고 있어서 다리 밑을 팔 엄두가 나지 않았다. 며칠 동안 다리 근처를 빙빙 도는 그의 모습을 눈여겨보던 경비대장이 그에게 무슨 일 때문에 이 근처를 서성거리느냐고 물었다. 그는 이 길을 오게 한 꿈을 들려주었다. 경비대장은 껄껄 웃으며 이렇게 말했다. "이런 딱한 사람이 있나! 그래, 그런 꿈만 믿고 이 먼 길을 왔단 말이오? 꿈 이야기가 나왔으니 말이지, 나도 내 꿈을 믿었더라면 크라쿠프까지 가서 어떤 가난뱅이 유대인이 사는 방의 화로 밑을 팔 뻔했지요. 그가 랍비라던

가. 어이가 없는 노릇이지요. 수많은 랍비 중에서 그를 어떻게 찾겠어요?"

이 말을 듣자마자 그가 인사를 하고 즉시 길을 돌이켜 집에 돌아와서 방의 화로 밑을 팠더니 보물이 나왔다. 그는 이 보물을 팔아 큰 기도원을 지었다. 마르틴 부버는 이 보물을 각자의 '실존의 성취'라고 풀이한다.

내가 당연하다고 여기는 환경, 내게 운명으로 주어지는 처지, 날마다 내게 생기는 일들이 나의 주요 소임과 내게 가능한 실존의 성취를 내포하고 있다.

먼 나라 왕궁의 다리 밑이 아니라, 비좁은 내 방 아래에 보물이 묻혀 있는 것이다. 우리가 살아가면서 만나는 사람이나 사물, 사건치고 숨은 의미가 없는 것이 없다. 보물은 바로 내 밑에 있다!

오랜만에 이 글을 다시 읽으면서 새로운 의문이 들었다. 신(神)은 왜 그 가난한 랍비를 프라하까지 가게 했을까? 곧바로 크라쿠프 자기 집 바닥을 파라고 알려주지, 왜 굳이 먼 길을 가라고 했을까? 보물을 얻으려면 그 정도 고생은 해야 한다고? 한번 허탕쳐보아야 철이 든다고? 아닐 것이다. 아마도 귀한 것을 받아들이려면 며칠이건 길을 걷는 여정이 필요해서 그런 것 아닐까.

랍비가 프라하로 가는 며칠 동안 희망과 기대를 품었지만 한편으로는 의혹과 불안에 시달렸을 것이다. 다리에 도착해서는 실망감과 좌절감에 사로잡혔을 것이고, 돌아오는 길에도 다시 의심에 휩싸이지 않았을까? 하지만 홀로 길을 걸으면서 지난날과 현재의 처지, 자신과 보물에 관하여 깊이 생각하였을 것이고, 차츰 자신을 받아들였을 것이다. 외로운 여행은 사람을 변화시키니까. 돌아온 그에게 집은 이전과 다른 집이되었을 것이다. 마음이 바뀌면 곧바로 세상이 바뀌는 법이다.

크라쿠프와 프라하 사이의 길 위로 참혹한 죽음과 심오한 지혜의 역사가 흘러왔다. 누구에게나 이런 길이 있고, 그 길을 걸으며 고통을 겪고 희망을 찾는다. 프라하로 가는 기차 속에서 나는 무슨 생각을 하였던가? 기억이 잘 나지 않는데, 아마도 창문으로 쏟아지는 푸른 햇살을 받으며 아우슈비츠의 모습을 떠올렸을 것이다. 사람이 겪는 기쁨과 고통에 대하여.

4장 | 小素笑

변화한 사람,
말콤 엑스

———————— 법관으로 형사재판을 하면서 60대, 70대
의 노인 피고인들을 만나는 경우가 종종 있었다. 주로 상습 절
도와 상습 폭력범들인데 이들은 10대 때부터 계속 재판을 받
았고 일생의 절반 이상을 감옥에서 지낸 사람들이다.

상습 범죄자들은 가족과 연락이 끊기고 학력도 아주 낮
은 데다 사람대접을 받아본 적도 없어서 마음에 상처가 깊고
황폐해 있다. 새로운 삶을 살 만큼의 정신적 자원이 없어서 아
무리 좋은 말을 듣더라도 실행할 능력이 없는 것이다.

수십 년 동안 계속 같은 죄를 저지르는 이들을 보면서 사

람이 변화하는 것이 정말 어렵다는 것을 느끼고 마음이 답답
해지곤 하였다.

사실은 이들만의 문제가 아니다. 나 자신을 살펴보아도
비슷한 좌절감을 느끼게 된다. 사람이 좀 나아진 듯하다가도,
어떤 일이 생기면 이전의 미숙하고 욕심 사나운 모습이 다시
나타나곤 한다. 사람이 변화하는 것이 이처럼 어려운 것인가?
사람이 얼마큼 변할 수 있는 것일까?

이 문제를 생각할 때 나에게는 한 사람의 삶이 선명하게
떠오른다. 말콤 엑스. 그의 자서전만큼 이 문제에 대하여 놀라
운 해답을 주는 책은 없을 것 같다. 흔히 말콤 엑스를 과격한
흑인 운동을 주도하다가 피살된 시민운동가 정도로 여기지만
그는 최악의 환경에서도 근본적인 정신적 변화가 가능하다는
것을 보여준 놀라운 사람이었다.

그의 아버지와 삼촌은 백인 인종주의자들에 의해 목숨을
잃었고, 어머니는 그 충격으로 정신이상 증세를 보여 정신 병
원에 강제로 수용되었다. 주 정부는 남겨진 8남매의 소원을 무
시한 채 이들을 보육 시설과 입양 가정으로 뿔뿔이 흩어버린
다. 그는 학교를 중퇴하고 마약상, 사창가 중매인 등을 하면서
외로움과 좌절감으로 가득 찬 10대 시절을 보낸다.

차츰 더 난폭해져서 권총 강도를 상습적으로 하다가 20

세 때 체포되어 징역 10년 형을 선고받았다.

감옥에서도 여전히 증오심에 가득 찬 생활을 하다가 우연히 이슬람 운동을 알게 되어 서서히 그 가르침을 따르게 된다. 그 전도자와 편지를 주고받으려다 글도 제대로 쓰지 못할 정도로 무지한 자신의 상태를 깨닫고 공부를 하기로 결심한다. 아무도 가르쳐주지 않아서 백과사전을 대출받아 무조건 첫 단어부터 베껴 쓰면서 책을 읽기 시작한다.

신에게 기도하는 법을 배우고, 한편으로 잠을 줄여가면서까지 무서운 기세로 책을 읽었다. 역사, 종교, 전기물 등 닥치는 대로 책을 읽으면서 진리와 지식의 힘이 얼마나 큰 것인지 눈뜨게 된다. 자신이 절망 속에서 폭력과 쾌락으로 도피하며 지냈다는 점을 깨닫고 삶의 목적을 찾게 된다. 내면의 변화가 시작된 것이다. 이때의 심정을 그는 아래와 같이 적고 있다.

감옥에서 독서가 나의 인생길을 영원히 바꾸어놓았다. 독서는 나의 내부에 있던 숨겨진 열망, 즉 정신적으로 살아 있는 인간이 되려는 열망을 일깨워주었다. 하루 열다섯 시간씩 열중해서 공부함으로써 나의 무지를 깨우칠 수 있는 곳이 감옥 말고 어디에 있겠는가? 내 인생에서 이처럼 정말로 자유스럽기는 처음이었다.

그는 감옥에서 내면이 완전히 변화되었고 출소한 후에는 이슬람 성직자가 되어 흑인을 위하여 맹렬한 활동을 시작한다. 감옥에서 독학으로 쌓은 엄청난 독서량으로 뛰어난 지성을 구사하며 백인들의 허위와 비도덕성을 날카롭게 지적한다. 변화된 사람답게 행복하고 깨끗한 결혼 생활을 하면서 공부와 신앙생활을 깊이 하여 감화력이 큰 인격으로 성장한다. 목숨을 위협받으면서도 굽히지 않고 활동하다가 40세 때 암살당한다. 만약 그가 더 오래 살았더라면 미국 사회에 엄청난 영향을 끼쳤을 것이다.

그의 삶을 생각하면 우리는 환경이나 심리적 상처 때문에 내면의 변화가 어렵다는 변명을 할 수가 없다. 부모가 억울한 죽음을 당하고, 형제들이 강제로 헤어졌으며, 20대를 감옥에서 지냈고, 평생 조롱과 모욕을 받으면서 살아온 그의 인생보다 더 가혹한 삶은 별로 없을 것이다. 그럼에도 그는 삶의 부정적인 요소를 선한 것으로 바꾸었고 정신적으로 살아 있는 인간이 된 것이다. 우리는 얼마큼 변할 수 있을까? 그에게 묻는다면 "한없이 변할 수 있다. 우리가 믿고 노력하는 한."이라고 조용히 대답할 것이다.

가난을 향하여
걸어간 젊은이들

──────── A: 명문대 로스쿨을 거쳐 뉴욕의 컨설팅 회사에 취직하여 높은 연봉에 전담 비서까지 둘 정도로 승진 하였다. 하지만 빈민을 돕는 활동을 하기로 결심하고 회사를 사직한 뒤 시카고의 슬럼가에서 연봉 1만 달러를 받으며 빈민 운동을 시작하였다.

B: 최고 명문 의대를 다니다 독재 국가 아이티의 참상을 보고 극빈자들을 위한 의료 활동을 시작하였다. 후원자들의 도움을 받아 가장 낙후된 지방에 병원을 세웠고 시간을 쪼개 이를 오가며 많은 생명을 구하였다.

C: B의 의대 친구로 그에게 설득당하여 위의 활동에 뛰어들었다. B가 세계 각국을 다니며 맹활약하는 동안 사무실에서 묵묵히 청소, 서류 작성, 운전 등 B의 활동을 지원하였다. 차츰 빈곤층 의료 문제를 이해하게 되어 정책적 대안을 세우고 실천하기 시작하였다.

위 사람들은 누구일까? A는 오바마 대통령, B는 폴 파머 하버드 의대 교수, C는 김용 세계은행 총재다. 오바마는 빈민 운동을 하면서 정치에 관심을 가져 상원의원을 거쳐 대통령이 되었고, 파머는 빈곤국 의료 활동을 지원하는 PIH(Partners In Health)라는 의료봉사 단체를 설립하여 이를 세계 최고의 전문 기구로 만들었다. 김용은 빈민 의료 정책 전문가가 되어 WHO(세계보건기구) 에이즈 국장, 다트머스대학 총장을 거쳐 세계은행의 수장이 되었다.

놀랍지 않은가? 이들에게는 공통점이 있다. 그들이 청년 때 시작한 일은 누구도 알아주지 않는 평범한 것이었다. 가난한 사람은 언제나 넘쳐났고, 빈민 운동가도 적지 않았다. 출세하기 위한 야망을 품고 시작한 것이 아니었고 나중에 유명해질 줄은 꿈에도 몰랐을 것이다. 오직 가난하고 고통받는 사람들을 돕기 위하여 안락한 생활을 포기하고 힘든 길을 택한 것이다. 이들은 마음이 움직이는 대로 따랐고 열심히 활동하다

보니 자연스레 세상에 보탬이 되고 마침내 세계적 차원의 일을 할 큰 기회를 받은 것이다.

이들 삶의 핵심은 현재의 지위가 아니라, 젊은이로서 가난한 이들을 향해 움직인 그 마음에 있다고 하겠다.

내가 무엇이 되고자 하는 마음 대신에, 내가 이 세상에서 무엇인가 의미 있는 일을 할까에 관심을 가졌습니다. 진정한 공감을 하는 것이 중요합니다. 가난한 사람들의 힘없음을 느끼면 뭔가를 하고 싶어집니다.

김용

나는 이들이 젊은이로서 그런 마음을 먹을 수 있었던 것이 너무나 부럽다. 나의 20대를 돌아보면 이들이 품었던 마음과는 너무나 거리가 멀었다. 어려운 사람들에 대하여 감상적인 동정심만 있었지 진짜 관심과 연민을 가져보지 못했다. 사법시험 합격과 나 자신이 얼마나 인정받을 것인지에만 관심을 가졌다. 다른 사람에 대한 공감은 내 마음에 비집고 들어올 틈이 없었다.

오바마는 흑인 아버지와 백인 어머니가 이혼하여 조부모 손에서 자랐고, 파머는 컨테이너 집에서 살 정도로 가난하였으며, 김용은 동양인이 구경거리가 될 정도로 구석진 시골에서 자라났다. 모두 상처받기 쉬운 어려운 환경이었다. 그런데도 그들은 어떻게 그 나이에 이런 마음을 먹을 수 있었을까?

어떻게 스스로 많은 것을 버리고 가난한 사람에게 향할 수 있었을까? 사람마다 기질이 다르므로 누구나 가난한 사람에 대하여 특별한 사명감을 느껴야 하는 것은 아니다. 하지만 중요한 것은 마음이 조금이라도 열려 있느냐, 아니냐에 있다. 많은 사람이 자기에게 갇힌 마음으로 살아가기에 고통스러운 것 아닐까. 자신에게 갇힌 사람은 결코 행복할 수 없다. 자기만 붙들고 뱅뱅 돌고 있으니 늘 불안하고 답답하다. 자기를 벗어나야 활력과 자유와 의미를 찾을 수 있다. 자기를 벗어난 사람만이 고통받는 사람에게 진정으로 관심을 가질 수 있다. 그래서 젊은이들이 이런 마음을 품을 수 있다는 것이 귀하고 감탄스러운 것이다.

요즈음 우리 젊은이들 중 이런 사람이 얼마나 될까? 자기를 벗어나 근본적인 가치와 의미에 대하여 생각할 수 있는 청년! 자기 생각에만 빠져 사는 것이 아니라 자기를 얼마큼이라도 벗어나 세상과 다른 사람에게 진정한 관심을 가진 젊은이. 고백하건대 나는 오늘도 이런 마음을 얻기 위하여 애를 쓰고 있다.

간송^{澗松}의
훈민정음

─────── 몇 달 전 일이다. 경북 상주의 민가에서 불이 났는데, 집주인이 소장하고 있던 《훈민정음》해례본이 소실된 것 같다는 보도가 나왔다. 《훈민정음》해례본이 소실되다니. 어떻게 이런 일이 있을 수 있나! 나는 숭례문이 불탔을 때만큼 큰 충격을 받았다. 이를 가볍게 보도한 언론의 무감각도 안타까웠다.

《훈민정음》해례본은 한글의 원리와 용례를 상세하게 설명한 책이다. 사진에 자주 나오는 훈민정음이 이것인데 33장, 1권으로 된 목판본이다. 《세종실록》에는 세종이 훈민정음을 반포하면서 이 책을 발간하였다고 기록돼 있는데 500년간 그 실물이 발견되지 않아서 사람들의 애를 태웠다.

해례본이 발견됨으로써 한글의 창제 목적과 원리, 특히 인체의 발음 기관을 상형화한 사실이 밝혀졌고, 그동안 떠돌던 고대 글자 모방설, 일본 유래설 등 허무맹랑한 주장들이 사라졌다. 지금 단 두 권이 남아 있는데 1943년 안동에서 발견된 최초의 해례본은 국보 70호로 지정되었고, 1997년에는 유네스코 기록 문화유산으로 선정되었다.

2008년 상주에서 발견된 두 번째 해례본은 보존 상태가 좋아서 엄청난 경사로 여겼는데, 곧바로 소유권을 둘러싼 재판이 벌어졌다. 이를 갖고 있던 사람이 어디에 감추고 보관 장소를 함구하다가 이번에 불이 난 것이다. 감정 가격이 1조 원대라고 할 만큼 값이 나가서 이러는 것일까.

이들을 보면서 해례본을 처음 발굴해낸 간송 선생이 생각났다. 간송 전형필 선생. 그는 암울한 식민지 시대에 우리 문화재를 지키기로 결심하고 전 재산을 털어서 각종 미술품을 수집하였다. 당시 우리 서화나 도자기에 눈을 뜬 일본인이 많았다. 골동품 경매 시장이 자주 열리고 조선 골동품만 전문적으로 수집하는 일본 상인이 여러 명이었으니 얼마나 많은 문화재가 빠져나갔는지 짐작할 수 있다. 현재 남아 있는 삼국 시대와 고려 불상이 국내보다 일본에 더 많다는 연구도 있을 정도다.

간송은 혼신의 힘을 다하여 문화재를 수집했다. 수십 년간 고려청자만 수집했던 영국인을 도쿄로 찾아가 고려청자 20점을 40만 원에 구입해 돌아왔다. 당시 서울의 기와집 400채를 살 수 있는 어마어마한 액수다. 현 시가로 1,200억 원 정도가 된다. 그는 이 돈을 마련하느라고 주변의 만류를 뿌리치고 알짜배기 논 1만 마지기를 팔았다. 이 결단 덕분에 우리는 국보 네 개, 보물 세 개나 되는 고려청자를 되찾은 것이다.

빙그레 미소 짓게 하는 신윤복의 《혜원전신첩》(국보 135호)도 일본에서 되찾아 왔고, 고려청자를 대표하는 청자상감운학문매병(국보 68호)도 천신만고 끝에 구했다.

해마다 성북동에 있는 간송 미술관에서 소장품 특별 전시회를 하는데 이것이 우리 문화계의 가장 중요한 행사 중 하나가 되고 있으니, 간송이 없는 우리 문화는 생각할 수 없다.

조선 40대 갑부에 들었던 그였지만 이 일에 전 재산을 바침으로써 말년에는 가족이 경제적으로 크게 고생하였다. 안중근 의사가 정치적으로 치열하게 투쟁하였다면, 간송은 문화적으로 말없이, 끈기 있게 헌신한 사람이다. 간송은 국민들에게 덜 알려졌지만 민족의 정체성을 세우는 데 그만큼 중요한 역할을 한 사람은 없을 것 같다.

그런 간송이 가장 애타게 찾던 것이 바로 《훈민정음》 해례본이었다. 사람을 만날 때마다 이를 알아봐달라고 간절히 부탁하였다. 1943년 이를 구했을 때는 조선어학회 사건이 있어서 자칫 체포될 수도 있을 만큼 위험한 일이었다. 그의 전기 《간송 전형필》(이충렬 지음)에는 이를 구하고 기뻐하는 그의 모습을 이렇게 그리고 있다.

전형필은 밤이 새도록 《훈민정음》을 읽고 또 읽었다. 눈물을 흘리다가 웃었고, 웃다가는 다시 눈물을 흘렸다. 새벽 동이 틀 무렵 오동나무 상자에 넣어 집에서 가장 깊숙한 곳에 갈무리했다. 그는 《훈민정음》을 자신이 수장하고 있는 수집품 중 최고의 보물로 여겼다. 한국 전쟁 당시 피난을 갈 때도 품 속에 품었고, 잘 때는 베개 속에 넣고 잤다.

간송의 《훈민정음》! 이것이 없었다면 오늘 우리가 한글에 대하여 이만큼 자랑스러운 마음을 가질 수 있을까? 간송을 생각하면 상주본을 두고 다투는 당사자나, 남의 일처럼 덤덤히 바라보기만 하고 있는 우리 모두 부끄럽기만 하다. 참된 가치를 이렇게 모를 수 있는가!

내 삶은 결코
부서지지 않는다

──────── 나는 전기물에 각별한 관심을 갖고 있다. 한 사람의 삶 안팎을 진솔하게 그려낸 전기를 읽노라면 흥분이 되기도 하고, 삶과 역사에 대하여 통찰력을 얻게 된다. 책방에 가면 으레 전기물 코너에 들러 새 책이 있는지 살피곤 한다. 근래 읽은 것 중 최고의 책은 단연 《언브로큰》이다. 몇 년 전 미국에 사는 큰딸이 굉장한 책이라면서 영어판을 보내주었는데 읽지 못하고 있다가 작년 말 번역판이 나와 당장 읽었고, 영화는 개봉 첫날 보았다.

이 책은 루이스 잠페리니라는 사람 이야기이다. 그는

1917년 미국의 이탈리아 이민자 가정에서 태어나 10대 때는 소년범이 될 정도로 사고뭉치였는데 달리기 소질을 발견하고는 육상 선수가 되어 올림픽에 출전하였다.

태평양 전쟁이 벌어지자 항공대에 입대해 폭격기를 탔다가 추락하여 바다를 표류했다. 그러다 일본군에 잡혀 혹독한 포로수용소 생활을 하였다. 귀환 후에는 심한 전쟁 후유증으로 스스로 목숨을 끊을 뻔했다가 새롭게 삶을 시작하여 97세까지 살았다.

그의 삶에는 위기가 여러 차례 있었다. 47일간의 구명정 표류 때 굶주림으로 체중이 절반 이하로 줄었고, 동료 중 한 사람은 중간에 사망하였다.

그러나 더 끔찍한 일이 그를 기다리고 있었다. 그는 2년 반 동안 포로수용소에서 지냈다. 일본군의 잔혹함은 상상하기 힘들 정도였다. 유럽 전쟁 포로들은 100명 중 한 명꼴로 숨졌지만, 일본군 포로들은 세 명 중 한 명꼴로 죽었다. 그중 80퍼센트가 전쟁 후 정신 장애를 앓았고 3분의 1 이상이 중등 장애자로 분류되었다.

그는 그중에서도 극심한 고통을 받았다. 와타나베라는 하사관이 그에게 병적인 증오심을 품고 학대하였다. 전쟁 후 일곱 번째 전범 지명 수배자에 오를 정도로 포악한 자였다. 쇠

버클로 머리를 내려쳐 졸도시키는가 하면 그를 찾아다니면서 온갖 방법으로 괴롭혔다. 그는 죽음 직전의 쇠잔한 상태로 견디다가 종전으로 간신히 목숨을 건졌다.

마지막 위기는 귀국 후에 시작되었다. 결혼을 하였지만 정신적 상흔이 아물지 않았다. 와타나베가 밤마다 꿈에 나타나서 비명을 지르며 깨는 날이 많았다. 알코올중독에 빠지면서 극도로 피폐해졌다. 오직 와타나베에게 복수하겠다는 생각만 남았다. 어느 날 아내에게 이끌려 교회에 간 그는 바다에서 표류할 때 하나님에게 하였던 기도가 떠올랐다. "저를 구해주시면 당신을 영원히 섬기겠습니다." 그 순간 신비하게 정신이 살아남을 느끼면서 새로운 힘으로 새롭게 출발하였다.

그 후 그는 청소년 수련장을 차려 비행 청소년들을 훈련시키면서 활력 넘치고 영감을 주는 사람으로 살았다. 일본을 방문하여 자신을 학대하였던 경비병들을 만나 용서하였고, 나가노 동계 올림픽에서는 포로수용소가 있던 곳에서 성화 봉송 주자로 뛰기도 하였다.

누구나 살면서 위기를 겪지만 그만큼 극한의 위기를 연속하여 겪은 사람은 없을 것이다. 더 흥미로운 것은 이 책을 쓴 작가인 로라 힐렌브랜드다. 로라는 우연히 그의 이야기를 듣고 영감을 받아 7년간 이 일에 매달렸다. 수많은 인터뷰와

서류 조사를 통하여 그가 겪은 사실을 정확히 그려내면서 아래와 같이 말한다.

사람들은 극한의 상황에 처하면 내면 깊은 곳으로 들어가 그곳에서 자신의 진정한 모습을 발견한다. 공허함, 약점, 사악한 충동까지 발견하는 사람도 있고, 반면에 용기, 지혜, 자기희생, 대담함, 의지 같은 경이로운 능력을 발견하는 사람도 있다. 이런 능력이 삶의 극심한 시련을 이겨내게 해준다.

작가 자신도 19세 때 뇌척수염에 걸려 몇 년 동안 침대에만 누워 있던 사람이다. 아주 고통스러운 삶을 살아왔기에 엄청난 역경을 거친 사람과 교감하게 되었다고 말한다.

이 사람들은 엄청난 고통에 여러 차례 쓰러졌고 죽음을 눈앞에 두기도 하였다. 하지만 끝까지 희망을 붙잡고 이겨냈다. 이들보다 더 힘든 삶을 겪은 사람이 과연 얼마나 될까? 이들은 정신이 굴복하지 않으면 결코 삶이 부서지지 않는다는 것을 보여주었다. 아무리 힘들더라도 자기 고통만 들여다보지 말고, 이들이 전하는 말에 조용히 귀를 기울여보면 좋겠다.

'제4세계'의
사람들

──────── 오래전 부산고등법원에 근무할 때 일이다. 월요일 새벽에 서울역에서 KTX를 탔는데 그때마다 역 앞 광장에서 몇 명씩 모여 소주를 마시는 노숙자들을 보곤 하였다. 이미 술에 취하여 주정부리거나 싸움을 하는 경우도 있었다. 새벽부터 깡소주를 먹는 모습에 안타까움을 넘어서 화가 나기도 하였었다. 그런 무분별함이 마치 모두의 삶을 모욕하는 느낌이 들었다.

이런 감정은 상습 범죄자들을 재판할 때 느끼는 것과 비슷하였다. 아무리 어렵더라도 막노동을 하면 생계를 유지할 수 있을 텐데 범죄를 계속 저지르다니! 그런데 재판에서 많은 상습범들을 대하면서 차츰 생각이 변하기 시작하였다. 상습 범죄자들은 비슷한 삶의 궤적을 보인다. 가정에서 학대를 받아 가출을 하거나, 가정이 깨어져서 거리로 나가게 되고, 학교도 중퇴한다(내가 직접 재판한 피고인들의 기록을 모아 조사해보니 평균 학력이 중학교 2학년 중퇴였다). 값싼 여인숙에 머물거나 길거리를 전전하며 닥치는 대로 일을 하여 근근이 살다가 쉽게 돈을 얻을 수 있는 범죄나 윤락의 길로 빠진다.

더 근본적인 문제는 이들이 대부분 깊은 심리적 상처를 갖고 있다는 점이다. 정신과 처방약을 계속 먹어야 할 정도로 중증 정신질환을 앓는 사람도 많다. 한 번도 따뜻한 관심을 받아본 적이 없기 때문에 자아 존중감이 매우 낮은데다가, 위험 인물로 기피되거나 무시당하고 멸시받기 일쑤다. 이들은 무력감과 수치심 속에서 자신에 대하여 절망한 채 살아간다. 이러다 보니 교도소에서 나와도 갱생하기가 어렵고, 재범과 가중 처벌이 반복되며 삶의 태반을 교도소에서 보낸다. 제대로 사람대접을 받아본 적이 없는 사람에게 사람의 도리를 지키라고 요구할 수 있을까.

프랑스인들이 가장 존경하는 사람 중에 엠마뉘엘 수녀가 있다. 그녀는 63세에 교사직을 은퇴하고 카이로의 쓰레기촌으로 들어가 넝마주이들과 23년간 함께 살았다. 그녀는 그 후 프랑스로 돌아와 양로원에 들어갔다가 우연히 노숙자와 윤락녀들을 만나면서 큰 충격을 받았다. 그들은 넝마주이들과는 비교가 되지 않을 만큼 '믿기 어려울 정도의 자기 모멸감'에 빠져 있었고 술과 마약, 범죄밖에 할 일이 없었다. 그녀는 후진국인 제3세계보다 더 끔찍한 절망감 속에 사는 이들의 상황을 '제4세계'라고 불렀다. 그녀는 노쇠한 몸으로 한 사람이라도 더 구하기 위하여 힘든 활동을 하면서 이렇게 고백하였다.

우리가 그들의 상황과 환경에 처했더라면 어떻게 되었을지 생각해보라. 속으로 이렇게 말해보아야 한다. "그들이 내가 처한 환경과 교육, 내가 가진 행운을 얻었더라면 나보다 나았을지도 모른다." 우리가 쉽게 속지 말아야 하는 것도 사실이지만, 우리 자신의 취약함도 가늠해봐야 한다. … 모두가 그들을 경멸했고 자신도 스스로를 경멸하였다. 그런데 정말 믿을 수 없는 일이 생긴다. 누군가가 자기를 멸시하지 않고, 말을 들어주고, 이해해주고, 있는 모습 그대로 받아준다는 것을 느끼는 순간, 그들 안에 기쁨 같은 것이 생겨나기 시작했다. 그때부터 그들은 깨끗하게 세수하고 단정한 옷을 입는다.

아무런 희망이 없어 보이는 사람도 자신을 사랑해주는 어떤 사람이 생기면 살아난다. 이들의 삶을 파괴하는 핵심은 모멸감이고, 이를 덜어주면 희망의 빛이 들어오는 것이다. 따라서 한 인간이 노숙자나 범죄자로 전락하는 가장 큰 원인은 개인의 도덕성 결함이라기보다 이러한 모욕이 이루어지는 사회적 구조에 있다. 상습 범죄자는 가해자이기 이전에 속으로 피를 흘리고 있는 피해자인 셈이다. 그렇다고 이들에 대한 연민으로 재범 위험성이 큰 상습 범죄자를 관대하게 처리할 수도 없는 것이어서 재판이나 이들에 대한 사회적 대책이 그만큼 어려운 것이다.

새벽부터 술을 먹는 노숙자를 보고, 눈살을 찌푸리는 대신에, 엠마뉘엘 수녀처럼 먼저 연민의 마음을 가질 수 있으면 좋겠다. 살아가면서 때로 자기 모멸감과 수치심에 빠져 암흑 같은 시간을 보내지 않아본 사람은 없을 것이다. 이들을 보면서 자기 자신이 그런 힘든 자리에 있을 수도 있었다는 것을 다시 생각해보아야 하지 않을까. 누구나 취약하기 짝이 없는 연약한 존재 아닌가.

처칠의
초상

──────── 현대사를 결정지은 분수령의 하나로 1940
년 5월을 꼽는 학자들이 많다. 이는 히틀러가 2차대전 초기 프
랑스를 돌파하고 영국 본토 침략을 눈앞에 둔 때이다. 2017년
에 개봉한 영화 〈덩케르크〉와 〈다키스트 아워〉가 모두 이때를
다룬 것이다. 만약 영국이 독일에 패배하여 그 지배를 받았더
라면 세계에 오늘과 같은 자유민주주의 체제가 유지되기는 어
려웠을 것이라는 데 큰 이견이 없다. 나치즘이 세계를 지배하
였을 것이고, 무엇보다도 우리나라는 추축국인 일본의 식민지
로 오래 남았을 터이니 생각만 해도 아찔하다.

당시 영국은 전쟁 준비가 부족하여 독일을 막아내는 것이 어렵다고 보는 사람들이 많았다. 독일에게 머리를 숙이고 협상을 하여야 한다는 주장까지 나와서 정국이 극도로 혼란스러웠다. 이때 등장한 사람이 윈스턴 처칠이었다. 그는 이전부터 히틀러의 야욕을 꿰뚫어 보고 군비 강화를 주장했지만 '전쟁광'이라는 비웃음만 받아왔던 터였다. 그는 1940년 5월 10일 66세에 수상으로 취임하였으나 상황은 절망적이었다. 영국군 20만여 명은 딩케르크에 포위되어 독일군에게 궤멸되기 직전이었다. 일부 관료들은 영국이 패망할 경우에 자살할 수밖에 없다고 말할 정도로 공포심이 나라를 짓누르고 있었다. 처칠은 야당을 포함하여 전시 내각을 만들어 격렬한 토론 끝에 평화 협상론을 철회시키고, 딩케르크 철수 작전을 지휘하였다. 국민들에게 라디오 연설을 자주 하여(청취율이 70%가 넘을 때도 있었다) 이 전쟁은 영국만을 위한 것이 아니라 인류의 문명과 자유를 위한 것이라고 사명감을 일깨웠다. '전쟁에서 진 나라는 다시 일어설 수 있지만, 항복한 나라는 다신 일어설 수 없다.' 이에 국민들은 전쟁에 대한 각오를 새롭게 하고 자부심과 용기를 되찾았다.

그는 절망 속에서 국민을 이끌어 적과 맞서도록 하였고, 역사의 방향을 바꾸었다. 그가 없었더라면 독일을 이기지 못

하였거나, 이기더라도 엄청난 시간과 대가를 치러야 했을 것이다. 그는 예언자적 통찰력과 결단력으로 칠흑 같은 어두움 속에서 역사를 이끈 영웅이었다.

이 영웅은 어떻게 하여 이처럼 놀라운 지도력을 발휘할 수 있었을까? 그런데 그의 내면은 겉모습과 사뭇 달랐던 것 같다. 그가 태어난 공작 가문은 심한 우울증 병력이 있었다. 아버지가 45세에 정신적 질환으로 죽었고, 모친은 바람둥이로 20세 연하남과 결혼하였다. 아내인 클레멘타인은 불안증이 심하여 휴양을 떠나 그와 따로 지낼 때가 많았다. 자녀인 4남매의 운명이 그 가족의 내면을 보여주는 듯하다. 일찍부터 후계자로 키운 장남은 성품이 고약하여 기피 인물이 되었고 알코올중독으로 죽었다. 장녀는 우울증을 이기지 못하여 자살하였다. 차녀는 배우를 하다가 여러 차례 스캔들을 일으켰고 역시 중증 알코올중독으로 죽었다. 세 사람은 모두 한두 차례씩 이혼을 하였다. 오직 막내딸만이 정상적인 가정생활을 하였다.

처칠 자신은 철저히 자기중심적이고 이기적이며 배려심이 부족했다. 술을 과하게 하였고, 때때로 우울증에 시달렸으며, 장광설을 늘어놓아 사람들을 힘들게 하였다. 그는 76세에 두 번째로 수상이 되었는데 건강이 나쁜데도 사퇴를 거부하다가 80세가 되어서야 마지못해 수상직을 내놓았다. 21세기 영국이었다면 이처럼 독선적이고 야심이 큰 성품으로는 지도자가 될 수 없고, 전형적인 알코올중독자로 평범하게 살았을 것이라고 평하는 학자도 있다. 결국 전쟁이란 상황이 영웅을 만든 셈이다.

세계를 지켜낸 위대한 업적과 뛰어난 예지력, 동시에 치기에 가까운 자기중심성과 이기심, 그리고 어두운 가족 관계……. 처칠은 하나의 초상으로 그리기에는 너무 크고 복잡한 사람임이 틀림없다. 그는 말년에 "난 많은 것을 이루었지만, 결국은 아무것도 이룬 것이 없어."라고 쓸쓸하게 말하곤 하였다. 영웅은 상당 부분이 시대의 산물이고, 내면은 자신의 고유한 것이다. 내면을 드러내는 외면이 그려져야 진정한 초상이 되는 것 아닐까. 그렇다면 처칠의 초상에서는 당당함, 강인함과 아울러 쓸쓸함과 회한도 담길 것이다. 위대함과 허약함은 함께하는 것이며, 삶은 아주 복잡하고 미묘한 것 같다.

우리 안에 있는
어두움

─────── 1961년 4월, 세계의 시선이 예루살렘으로 쏠렸다. 이스라엘의 특별 법정에서 아돌프 아이히만에 대한 재판이 시작되었던 것이다. 그는 나치의 유대인 담당관으로 600만 명의 유대인 학살 작업을 지휘한 실무 책임자였다. 무서울 정도로 효율적인 유대인 처단 절차를 집행한 것으로 악명이 높았다. 2차대전 후 그는 아르헨티나로 탈출하여 가명을 사용하며 평범한 회사원으로 가족과 함께 살고 있었다. 이스라엘 정보부가 퇴근하던 그를 납치하여 재판정에 세운 것이었다.

재판은 8개월간 이어졌고 증인만 110명에 이르렀는데 대개가 유대인 수용소에서 살아남은 사람이었다. 증언을 하다가 흥분하여 졸도하는 증인도 있었고, 법정은 분노와 흐느낌으로 가득 차서 재판관들은 공개 재판을 한 것을 후회할 정도였다.

그런데 법정에서 보인 아이히만의 모습은 예상과 완전히 달랐다. 악명 높은 괴물이 아니라 마른 몸에 단정하고 조용한 모습이었다. 그는 유대인 학살이 중대한 범죄라는 점은 인정했지만 자신의 개인적인 책임은 끝까지 부정하였다.

자신은 단지 상급자의 명령을 따랐을 뿐이며 국가 공무원으로서 정부의 정책을 수행할 수밖에 없었다고 주장했다. 법정의 유리벽 안에서 등을 곧게 세우고 질문에 정확하게 대답하려는 모습은 유능한 관리의 전형이었다.

법원은 그해 12월에 사형을 선고하였고 5개월 후 사형이 집행되었다. 하지만 재판이 끝났음에도 그가 보인 태도는 인간성에 관하여 깊은 의문을 제기하였다. 당시 재판의 모든 과정이 텔레비전으로 방송되었는데, 촬영 팀은 그의 얼굴에서 조금이라도 회한이나 충격을 받는 표정을 촬영하려고 하였으나 그는 동요하는 모습을 전혀 보이지 않았다(이 방송 과정을 다룬 영화가 2017년 개봉한 〈아이히만 쇼〉이다). 개인적인 책임이 없다는 확신을 결코 버리지 않은 것이다.

가정적으로 보이는 평범한 사람이 끔찍한 일을 저지르면서도 아무런 양심의 가책을 느끼지 않는다는 사실을 어떻게 이해할 것인가. 이 재판을 지켜보았던 철학자 한나 아렌트는 선량하고 평범한 이웃 사람이 가장 잔인한 학살자가 될 수도 있는 이 상황을 "악의 평범성"이라고 불렀다. 자기가 하는 일의 의미를 전혀 생각해보지 않는 '반성적 사유의 결여'가 결과적으로 악행으로 이어진다는 것이다. 아이히만은 국가의 명령이라는 체제 속에서 '인간적'인 생각을 회피하였고 끝까지 이런 태도로 자기를 변명하였던 것이다. 영화 〈아이히만 쇼〉의 마지막 장면은 기자가 법정에서 다음과 같은 말을 하는 것으로 끝난다.

다른 사람들보다 우월하게 태어났다고 생각하거나 코의 모양, 피부색, 종교의 차이로 다른 사람을 차별하고 증오하는 사람은 언제든지 제2의 아이히만이 될 수 있다.

50여 년 전에 한 말이지만 불행하게도 이 예언이 계속 이루어져왔다. 르완다, 보스니아, 캄보디아 등에서 제2의 아이히만이 나오고 대학살이 계속되지 않았던가. 이웃으로 평화롭게 지내오던 사람들이 갑자기 '종족과 종교가 다르다'는 점만으로 살상을 저지른 것이다. 크메르 루주(캄보디아 무장 단체)에 살해당한 사람들의 기념관에 간 적이 있었는데 아우슈비츠를 방문했을 때와 똑같은 상황이란 점에서 충격을 받았다.

그뿐일까? 더 깊이 생각해보면 본질적으로 같은 문제가 우리 주변에서도 계속되고 있다. 학교나 직장에서 벌어지는 '왕따'는 똑같은 마음에서 나온 것이다. 약자를 골라서 집단적으로 학대하는 행위는 아주 악한 것이다. 예수는 형제를 바보라고 비웃는 행위는 살인 행위와 같은 것이라고 가르쳤다. 하나님이 볼 때 두 행위는 똑같은 마음에서 나온다는 것이다. 또한 우리 사회는 사람에 대한 존중이 어느 사회보다 약한 것 같다. 외국인 근로자에 대한 인격적 무시와 착취, 장애인에 대한 차별, 약자를 비웃는 태도는 악과 연결되는 것이다.

우리 안에 있는 어두움을 직시할 필요가 있다. 타인에 대한 차별과 미움이 커지고 있는 것은 아닌지, 내 옆에서 일어나는 나쁜 일에 눈감고 있거나 동조하는 것은 아닌지 내 마음을 정직하게 살펴보자. 악은 아주 가까운 곳에 있을 수 있기에.

전쟁의
안개

─────── 잘 만들어진 다큐멘터리는 어떤 픽션보다
도 재미있고, 감동을 준다. 말로만 듣던 〈전쟁의 안개〉를 얼마
전에 구하여 내리 두 번 보았다. 케네디와 존슨 행정부에서 7
년간 국방부 장관을 지냈던 로버트 맥나마라의 인터뷰를 중심
으로 만든 것인데, '맥나마라의 삶에서 얻은 11개의 교훈'이라
는 부제가 붙어 있다. 인터뷰 당시 그는 85세였다.

장관으로서 맥나마라만큼 역사적으로 논쟁거리가 된 사
람은 없을 것 같다. 그는 하버드 경영대학원의 최연소 교수를
거쳐 44세에 포드 자동차의 사장이 되었다. 그는 실물 통계에

기초한 계량적 분석 방법의 신봉자였다. 이 방법으로 파산 직전의 포드를 구했고, 국방부에도 혁신적인 계획 예산 제도를 도입하였다. 케네디 평전을 쓴 로버트 댈럭은 그를 인간적인 매력이 뛰어나고, 예술과 철학에 대한 조예도 깊은 완벽한 '르네상스 인간형'이라고 묘사하였다. 천재적 능력을 가진 최고의 장관이자 워싱턴 정관계의 총아였다.

그러나 월남전은 그에게 악몽이 되었다. 당초 예상과 달리 전쟁은 지상군 투입으로 계속 확대되었다. 그는 전쟁을 지휘하며 독려하였으나 차츰 회의가 커졌다. 계량적 분석 결과와 전쟁의 현실은 전혀 맞지 않았던 것이다. 그는 존슨에게 전쟁을 중지해야 한다고 비밀리에 진언하였다가 거부당하자 장관직을 사임했다. 그러나 평생 월남전을 일으킨 전범이라는 오명에 시달리면서 전쟁의 도덕성 문제와 씨름하였다.

그는 전쟁에서 배울 첫째 교훈으로 "적을 이해하고, 그의 입장에서 생각하라."고 말한다. 그가 종전 후 베트남을 방문하였을 때 전시에 외무부 장관이었던 타크는 "당신들은 역사책도 안 읽어보았나? 우리는 천 년간 중국과 싸워왔다. 아무리 폭탄을 퍼부어도 독립을 위해서 우리는 최후의 1인까지 싸웠을 것이다."라고 일갈한다. 미국은 냉전의 틀에서 공산화를 막기 위하여 전쟁을 시작했지만, 월맹은 민족의 독립을 지키기 위한 내전의 틀에서 저항한 것이었다. 그는 미국이 베트남에 관하여 아는 것이 너무 없어서 올바른 판단을 할 수 없었다고 고백한다. 또한 "합리적 사고가 사람을 구하지는 않는다.", "보거나 듣는 것이 전부가 아니다. 사람은 믿고 싶은 것을 본다."는 교훈도 들려준다. 실물과 숫자만 믿던 자신만만한 분석가에서 보이지 않는 것, 근본적인 것을 중시하는 겸허한 사람으로 바뀐 것이다.

이러한 교훈도 의미심장하지만 이 영화의 백미는 그가 전쟁의 책임에 대하여 이야기하는 장면에 있다. 글로써는 도저히 묘사할 수 없는 미묘한 표정과 말투가 깊은 여운을 남긴다. 그의 책임은 두 시기에 걸쳐 있다. 국방부 장관으로 전쟁을 수행한 때와 사직 후 오랫동안 이 문제에 대하여 침묵한 시기가 그것이다. 그는 79세인 1995년에야 월남전이 잘못되었음을 인정하는 내용의 책(《회상, 월남전의 비극과 교훈》)을 냈다. 너무나 고백이 늦었던 것일까. 각계각층에서 격렬한 비난이 쏟아졌다.

이 영화에서 그는 전자의 책임에 대하여 "전쟁은 너무 복잡해서 인간의 능력으로는 모든 변수를 이해할 수 없고 이를 '전쟁의 안개'라고 부른다. 우리의 판단, 이해는 옳지 않았다. 우리는 쓸데없이 사람을 죽였다."는 말로 답변을 대신한다.

그러나 "국방부 장관을 사임한 후에는 왜 전쟁을 반대하지 않았느냐."는 후자의 질문에는 대답하지 않는다. 그가 국방부를 떠날 때 미군 사망자가 25,000명이었는데, 6년 뒤 종전 시에는 58,000명으로 늘어났다. 그가 침묵하지 않았다면 전쟁이 조금이라도 일찍 끝나서 희생자가 줄었을 것이다. '그가 30년간 침묵을 지킨 이유가 무엇일까? 그러다가 왜 새삼스럽게 책을 쓰고 이야기를 시작했을까?' 영화를 보면서 계속 드는 의문이었다.

그는 T. S. 엘리엇의 말을 인용하며 인터뷰를 끝낸다. "우리는 탐구를 멈추면 안 된다. 탐구의 끝에서 우리는 시작했던 곳으로 돌아올 것이고, 우리는 처음으로 그곳을 알게 될 것이다." 이어서 "어쩌면 제가 지금 그런 것 같습니다."라며 눈물을 글썽인다. 이 말은 그가 기나긴 고투 끝에 내놓은 최선의 대답일 것이다. 그것은 애당초 해답을 얻는 것이 불가능한 질문이었을지도 모른다. 어찌 이 세상에 '전쟁의 안개'만 있겠는가? 인간은 모두 '삶의 안개', '의미의 안개' 속에서 고군분투하며 살아가는 존재 아닐까.

호밀
뿌리

──────── 요사이 모임에 참석할 때마다 사람들에게 던지는 질문이 한 가지 있다. 지금까지 답을 맞힌 사람은 한 명도 없었고, 대부분은 답을 듣고도 선뜻 믿기 어려워하였다.

"가로세로 각 30센티미터, 깊이 56센티미터의 나무 상자에 모래를 채우고, 호밀 한 포기를 심는다. 4개월 동안 물을 주면서 기른 뒤 호밀을 꺼내어 모래를 깨끗이 털어낸 후에 그 뿌리의 총 길이를 잰다. 그 길이는 얼마나 될까?"

미국 아이오와 주립대학 생물학과에서 실제로 이 실험을 하였다. 호밀 뿌리 중 눈에 보이는 것은 자로 재고, 보이지 않는 실뿌리는 일일이 현미경으로 조사하였다. 그 결과 총 길이는 11,200킬로미터였다! 블라디보스토크에서 모스크바까지 가는 시베리아 횡단철도보다도 길다. 윤기도 없고 열매도 없는 작은 호밀 한 포기가 이렇게 긴 뿌리를 뻗고 있다니. 아무리 실뿌리까지 잰다고 해도 상상을 초월하는 길이가 아닌가. 그렇다면 우리 집 앞에 서 있는 키 큰 밤나무의 뿌리는 아마도 태양계 끝까지 닿을 수 있는 길이가 되지 않을까.

동물의 경우는 더할 것이다. 우리 몸의 혈관 총 길이는 12만 킬로미터이고 이는 지구를 약 3바퀴 도는 길이이다. 눈의 근육은 24시간 동안 10만 번을 움직이는데 다리를 움직여 이 운동을 하려면 80킬로미터를 걸어야 한다. 인체를 비롯하여 자연 자체가 도저히 상상할 수 없을 만큼 정교한 구조로 되어 있다. 우리가 이런 것을 당연하게 여기며 무심히 지내고 있을 뿐이다. 주위를 새로운 눈으로 바라보면 온통 신기한 것으로 가득 차 있다.

이 글을 쓰면서 창밖을 보니 밤나무가 바람에 조용히 흔들리고 있다. 가지들이 서로 어우러져 부드럽게 춤을 추는 듯하다. 새로 나온 잎들이 아침보다 더 커진 것 같고 햇빛을 받아 반짝이는 초록색은 무어라고 표현할 수가 없다. 이를 처음 보듯이 바라보니 완전히 새롭게 보인다. 바람과 햇살, 옆의 아카시아, 까치집……. 매일 보는 것들이지만 이전에 이런 기분을 느껴본 적이 한번도 없었다! 모처럼 마음의 눈이 열린 것일까. 그저 신비롭기만 하다.

이렇게 신비로운 생명은 대체 어떻게 생겨났을까? 지금까지의 과학 연구에 의하면 137억 년 전에 빅뱅으로 우주가 생겨날 수 있던 확률은 10의 -10,120제곱이고, 무기 물질에서 단백질이 생겨날 확률은 10×10의 -360제곱이란다. 사하라 사막에서 모래알 한 개를 골라 모래 속에 파묻었다가 이를 단번에 찾아낼 확률이 10의 -24제곱이라고 하니 우주와 생명의 탄생은 사실상 불가능에 가깝다고 하겠다. 빅뱅 당시 폭발 속도가 1조의 1조의 1조분의 1초만 빠르거나 늦었어도 원물질이 흩어지거나 속으로 붕괴하여 우주가 탄생할 수 없었다고 한다.

이러한 절대적 기적을 이해하기 위하여 일부 과학자들이 '인류 지향 원리(Anthropic Principle)'를 주장하고 있다. 우주에는 생명체의 생성이 가능하도록 자연조건이 이루어져 있고, 특히 지성체인 인간이 출현하도록 우주 전체가 목적적으로 조정되어 간다는 것이다. 또한 우리가 사는 우주는 서로 다른 물리상수를 지닌 헤아릴 수 없이 많은 우주 가운데 하나라는 '다중 우주론'도 나왔다. 어느 것이건 모두 가설이지만 일상의 감

각을 뛰어넘는 신비의 차원이 존재함을 인정하고 있다.

자연의 광대한 영역에 관해 정밀과학이 가르쳐준 모든 사실
에 의하면 인간의 마음과는 전혀 무관하게 독립적인 어떤 확
실한 질서가 압도하고 있다. … 이 질서는 합목적적 행동에
맞게 공식화될 수 있다. 드러난 증거로 보아 인간과 자연은
우주의 지성적 질서의 지배에서 벗어날 수 없다.

노벨상 수상자이자 현대물리학의 태두인 막스 플랑크의
말이다.

누구나 이 세상에 태어날 때 이미 사막에서 모래 한 알을
찾아내는 확률보다 수백만 배 놀라운 기적적 행운을 타고난
것 아닌가. 지금 한번 호흡을 하면서 자신의 몸을 찬찬히 살펴
보자. 이 호흡이 어떻게, 어디서 왔을까? 우리와 우리 주위를
처음 보듯이 바라보자. 이 속에서 사는 우리의 삶이 정말 새롭
고 놀랍지 않은가! 가끔씩 멈추어서 보고, 놀라면서 살아보자.

내 인생에
들어 있는 것

─────── 1800년대 중반에 일어난 일이다. 가난한 아일랜드 청년이 미국으로 이민을 가기로 결심하고 열심히 일을 했다. 모은 돈으로 간신히 3등칸 배표를 샀는데, 식사비를 낼 돈이 없어서 빵을 몇 개 사서 배에 탔다. 빵을 조금씩 아껴 먹었지만, 대서양을 항해하는 내내 굶주림에 시달려야 했다. 배가 도착하기 전날, 그는 큰맘 먹고 식당으로 향했다. 마지막 식사는 남은 돈을 다 털어서라도 번듯하게 먹고 싶어서였다. 맛나게 식사를 하고 돈을 내려고 하자 웨이터가 이상한 표정으로 쳐다보면서 말했다. "식사는 무료입니다. 운임에 포함되

어 있습니다."

고등학교 때 영어 참고서에서 읽었던 글인데, 왜 유독 기억에 남아 있는지 모르겠다. 이는 촌뜨기 청년의 재미있는 실수담으로 읽을 수도 있지만, 나는 삶의 근본 문제를 건드리는 깊은 우화로 받아들이고 싶다. 가끔씩 이 글이 떠올라 그 의미를 생각하곤 했으니까.

시골 청년의 긴장된 모습이 눈에 선하게 그려진다. 처음 보는 거대한 여객선에 주눅이 들었고, 낯선 곳에서 일어날 일에 걱정을 떨치기 어려웠을 것이다. 맛난 음식 냄새가 나는 식당 쪽은 아예 피해 다녔을 것이고, 점차 굶주림과 불안으로 지쳐가지 않았을까. 의기소침해져서 큰 파도와 바람, 저녁노을을 제대로 즐기지 못하였거나, 가슴 두근거리는 새 계획을 세우지 못하였을지도 모른다.

우리의 삶도 피안을 향하여 가는 편도 여행이라는 점에서 위 항해와 동일한 듯하다. 요즈음 우리 사회에서 먹을 것이 없어서 굶주리는 일은 거의 없지만, 최소한의 자존감과 활력도 없이 사는 정신적 굶주림은 점점 더 늘고 있다. 돈, 건강, 인정 등 삶에 꼭 필요한 것들을 얻지 못할까봐, 다른 사람들에게서 배척받을까봐 두려워하며 산다. 전쟁과 기근은 사라졌지만 일상적인 불안과 절망감은 그 어느 때보다도 커졌다. 삶의 여정에서 위 청년처럼 굶주리고 지친 상태로 살아가는 것이다. 혹시 우리가 낸 뱃삯에 식사가 포함되어 있는데도 이를 모르고 사는 것은 아닐까?

살면서 필요한 돈과 건강을 갖추지 못하면 불안하고 힘든 것은 피할 수 없다. 하지만 이런 것이 부족하여 겪는 실제의 고통보다, 이런 상황을 먼저 두려워하고 회피하려는 마음에서 오는 고통이 더 큰 것 같다. 고통을 직면하는 대신에 회피하려고 한다. 하지만 고통은 피할수록 커지는 법이다. 고통을 적게 겪은 사람이 행복한 것이 아니라, 고통을 제대로 겪어내는 사람이 행복하다. 실망과 상실을 피할 수 없는 삶의 한 부분으로서 정면으로 받아들일 때 내면의 무언가가 고통을 지혜로 바꾼다. 주변을 보아도 건강하게 장수하는 사람 중에는 남보다 훨씬 큰 어려움을 겪은 사람이 적지 않다. "고통을 벗어나게 해달라고 기도할 것이 아니라, 고통을 이겨낼 가슴을 달라고 기도할" 일이다.

우치무라 간조는 일본의 조선 침략을 비난하고, 천황 숭배를 거부하여 '일본의 양심'으로 불리는 사람이다. 그는 가는 곳마다 불의를 지적하여 충돌이 일어나 사람들에게 배척당하였고, 누구보다도 심한 고난을 겪었지만, 제자들 가운데 함석헌 등 뛰어난 인재들이 여럿 나올 정도로 감화력이 컸다. 그는 20대에 미국으로 유학 갔다가 심한 불면증에 걸려 공부를 포기한 채 귀국하였고, 그 후 '회심기'를 썼는데 책 제목을 《내 영혼의 항해일지》라고 붙였다. 50일 동안 태평양을 항해한 여객선에서의 체험이 바탕이 되었을 것이다. 망망대해를 건너가면서 무슨 생각을 하였을까? 그는 죽기 몇 달 전, 와병 중에 열린 고희 축하연에서 "하늘의 뜻에 합당하면 더 살아서 일을 하게 될 것이다. 그러나 어떤 경우에도 우리에게 나쁜 일은 오지 않는다. 우주만물, 인생이 다 좋은 것이다."라고 말했다. 어떤 인생도 다 좋다는 것이다! 우리 삶에 살 만한 것이 다 들어 있다는 것이 그의 유언인 셈이다.

인생의 배를 타고가면서 일어나는 어떤 일도 피하지 않고 좋은 것, 필요한 것으로 받아들이는 믿음과 용기야말로 우리가 여행하면서 먹는 식량 아닐까. 이는 우리가 태어날 때 하늘이 내려준 것이고, 이런 마음을 키워나간다면 아무리 힘든 삶의 여정이라도 이겨낼 수 있을 것이다. 내 인생의 배에는 '용기'라는 식당이 있고, 그곳에서 참된 힘과 지혜를 얻게 될 것이라고 믿는다.

이반 일리치의
죽음

──────── 책을 읽다가 톨스토이의 소설《이반 일리치의 죽음》을 인용하는 것을 종종 보았다. 나의 경험으로는 인문학 서적 중 작가들에게 인용된 비율로 치면 이 책이 단연 최고 아닐까 싶다. 어떤 이유로 이 짧은 소설이 많은 사람에게 영향을 미치고 있는 것일까? 소설의 줄거리 자체는 아주 단순하다.

이반 일리치는 러시아 고등법원 판사였다. 유능하고 쾌활하고 친절하며 성실한 사람이었다. 동료들보다 앞서 승진하고, 멋진 집을 장만하고, 최고급 사교 모임에도 가입하였다. 안락하고 남들이 부러워하는 생활을 하고 있었다.

그런데 45세 되었을 때 위의 통증이 시작되어 석 달이 지나자 용변도 혼자 볼 수 없을 정도로 쇠약해졌다. 친하던 동료들은 그의 상태를 모른 체하며 형식적인 안부만 묻고, 아내도 딸의 결혼 계획에 차질이 생길까봐 그를 불편해하였다. 시골뜨기 하인 한 사람만 그의 고통을 이해하고 위로할 뿐이었다. 그는 극도의 외로움과 죽음의 두려움 속에서 생전 처음 '자신이 제대로 살아왔는지' 의심하기 시작하였다.

그가 살아온 인생이 잘못된 것일 수도 있다고 생각하는 것은 전에는 전혀 불가능하였다. 하지만 이제는 그것이 진실일지도 모른다는 생각에 사로잡혔다. 높은 지위에 있는 사람들이 좋다고 여기는 것에 대하여 맞서 싸워야 한다는 것을 희미하게 감지한 것이다. 그가 즉시 억눌러 왔던, 거의 알아차리지 못한 충동이 진실이었고 나머지는 거짓이었다는 생각이 그를 스쳤다. 자신의 일과 삶의 방식, 가족, 사교계와 직장의 모든 이해관계가 다 거짓일지도 모른다. 그는 그 모든 것에 대하여 자신을 변호하려고 하였다. 그러다가 갑자기 그는 그가 변호하고 있었던 것들이 너무나도 허약함을 깨달았다.

자기 삶의 정당성에 대한 이러한 의심은 육체적 고통보다 더 견디기 힘들었다. 그는 죽기 전 3일 동안 밤낮으로 고함과 비명을 질렀다. 마지막 날, 어린 아들이 그에게 조용히 다가와 키스하며 울음을 터뜨렸을 때 "그는 그의 삶이 제대로 된 것은 아니었지만, 아직은 그걸 바로잡을 수 있다는 사실을 깨달았다." 그 순간 그는 아들과 아내가 너무 안쓰러웠고 사랑과 연민으로 벅차서 그들의 마음을 아프지 않게 해주고 싶었다. 그러자 돌연 모든 것이 환해지면서 고통이 사라졌다. '그래 바로 이거야. 아 이렇게 기쁠 수가!' 이 모든 것은 한순간의 일이었고, 그 의미는 이제 흔들리지 않았다. 그리고 그 순간 그는 죽었다.

　　이 소설이 제기하는 근본 문제는 이반 일리치의 삶의 방식에 있다. 그는 외적으로는 선량하고 성실한 사람이었지만 내면은 전혀 달랐다. 그는 자신의 정체성을 세우려 하지 않았고, 오직 자기가 선망하는 상류층 사람들이 생각하고 행동하는 방식만을 기준으로 따라 살았다. 상관의 의견에 반대한 적도 없고, 옳고 그름에 대하여 불편한 의문을 가져보지도 않았다. 재판에서도 가치판단을 배제하고 사실 위주로 매끄럽게 처리하는 효율적인 기술을 갖고 있었다. 후에 톨스토이는 이반에 대하여 "그대로 받아들이는 사람의 전형"이라고 말했다.

항상 다른 사람들과 원만하게 어울려서 좋은 평을 듣는 것이 삶의 목적이었지, 삶의 의미나 사람을 이해하는 데는 아무 관심이 없었다. 반성과 회의, 두려움과 희망이라는 성찰을 하는 인격이 없어서 내면이 텅 비어 있었다.

정신과 의사 어빈 얄롬은 이 소설이 "우리 모두의 인생에 대한 우화"라고 했다. 우리 모두는 이반이 살았던 삶의 방식과 너무나 비슷하게 살고 있지 않은가. 130년 전 러시아 사회를 배경으로 한 소설인데도 인간의 속물성과 거짓됨에 관하여 꼭 내 마음속을 들여다보는 것 같다. 아우구스티누스는 "죽음 앞에서만 인간의 진정한 자아가 태어난다."고 말했다. 또한 질병, 이별, 깊은 상처, 은퇴 등 고통스러운 경험이 삶의 의미를 일깨워준다. 삶의 일상성이 깨질 때 내면의 정신이 깨어나는 것이다. 정신의 힘이 없으면 아무리 외적으로 화려해도 빈약한 거짓 삶을 살 수밖에 없다는 사실을 이 소설이 전하고 있다.

나는 지금 어떤 방식으로 살고 있는가. 자기가 사는 방식에 조금이라도 의심이 든다면 이 소설을 아주 '천천히' 읽어보라고 권하고 싶다.

우리는 제대로
쉬고 있나?

————————— 지난 주말, 텔레비전에서 설악산이 단풍 보러 온 사람으로 붐비는 모습을 보았다. 그야말로 번잡한 시내 한복판처럼 사람으로 북적였다. 과연 이런 분위기에서 단풍을 제대로 즐길 수 있을까. 몇 년 전 주말에 나도 내장산에 단풍 구경을 갔다가 차량이 밀려서 돌아온 적 있었는데 정말 피곤했던 기억만 남아 있다. 주중에 힘들게 일하고 주말에 쉬는 것은 누구에게나 필요하고 기분 좋은 것이다. 그렇지만 우리가 평소 주말에 제대로 쉬고 있는 것일까.

일요일을 휴일로 정한 것은 유대인의 안식일에서 나왔다

는 것이 정설이다. 모세에게 준 십계명 중 넷째 계명이 '안식일을 기억하여 거룩하게 지키라'였다. 이날은 가족이나 종이나, 심지어 가축까지도 아무 일도 하지 말고 쉬어야 한다. 이 계명이 '부모를 공경하라(5계명)', '살인하지 말라(6계명)'라는 계명보다 앞서 있는 것을 보면 유대인들이 얼마나 안식일을 중요하게 여기는지 알 수 있다.

유대인들이 안식일을 지키는 태도는 놀랍도록 경건하다. 안식일은 금요일 해 질 무렵부터 토요일 해 질 때까지인데 일체의 일상적 활동을 중지한다. 금요일 저녁 가족들이 함께 안식일의 촛불을 밝히고 특별히 준비한 음식을 먹는다. 토요일에는 좋은 옷을 입고 회당 예배에 참석한 다음, 쉬면서 안식일이 끝날 때 마감 기도를 바친다. 안식일 하루를 평일과 완전히 다른 분위기, 다른 세상에서 지내는 것이다.

노벨 경제학상을 받은 로버트 아우만은 정통파 유대인인데 "노벨상을 받기 위하여 안식일인 토요일에 스톡홀름에 가야 하는 상황이었다면 노벨상을 거부하였을 것"이라고 말하였다. 최첨단 게임 이론을 정립한 현대의 대학자가 이 바쁜 세상에서 이렇게 안식일을 강조하다니 좀 어리둥절하다. 하지만 그의 말에는 안식에 대한 깊은 지혜가 담겨 있다. 유대교 철학자 아브라함 헤셸은 안식에 관하여 아래와 같이 말한다.

안식일의 거룩함으로 들어가고자 하는 사람은 먼저 속물근성, 곧 시끌시끌한 흥정과 수고의 멍에를 내려놓아야 한다. 불협화음으로 소란스러운 날들, 신경질을 부리며 맹렬히 타오르는 소유욕, 자신의 생명을 배반하고 야금야금 갉아먹는 상태에서 벗어나야 한다. 우리는 한 주에 엿새 동안은 땅에서 이윤을 짜내며 이 세계와 씨름하지만 안식일에는 영혼 속에 심어진 영원의 씨앗을 각별히 보살핀다. 우리가 어떤 사람이 될 것인지는 안식일이 우리에게 어떤 날이 되느냐에 달려 있다. 안식일을 지키는 것이 영적인 삶에서 차지하는 비중은 중력의 법칙이 자연에서 차지하는 비중만큼이나 크다.

안식일 또는 휴일은 단순히 일하지 않고 쉬는 날이 아니라, 본질적인 의미를 찾는 특별한 날이라는 것이다. 날이 갈수록 탐욕과 경쟁이 심해지는 현대 사회에서 우리의 생활은 점점 더 각박하고 초조해진다. 누구나 예외 없이 불안해하고 혼란스러워하고 있다. 이러한 세계를 벗어나 일주일에 하루라도 새로운 마음과 눈으로 자신을 돌아보는 특별한 시간이 필요한 것이다.

유대인은 고대 사회 때부터 이 필요성을 깨닫고 안식일의 전통을 세워놓았다. 우리도 안식의 지혜를 배워야 한다. 주말에 번잡한 오락이나 모임을 택하는 대신 자신에게 조용히 침잠하는 시간을 갖는 것이다. 안식은 그냥 쉬는 것이 아니다. 정보와 자극이 넘쳐나는 이 시대에 휩쓸리지 않는 자기만의 성채를 짓는 것이다. 우선 생활 속에서 안식의 시간을 규칙적으로 확보할 필요가 있다. 꼭 일요일이 아니더라도 매주 하루나 반나절이라도 일체의 인위적 행동을 멈추고 자기 존재에 충실한 시간을 가져보자. 산책, 낮잠, 차 마시기 등 자기만의 조용한 시간을 보내고, 종교를 가진 사람은 기도나 경전 읽기, 예배 참석을 한다. 텔레비전은 끄고 가족들과 맛난 식사를 하는 등 즐거운 시간을 갖는 것도 좋겠다.

안식은 쫓기며 지낸 일상생활을 바라보며 불필요한 껍데기를 벗어버리는 적극적인 행위다. 시대의 흐름을 살피고 쓸데없는 것들로부터 자신을 지키는 행위다. 이렇게 할 때 진정한 쉼이 올 것이며 이것이 자신의 참된 힘이 될 것이다. 자기가 '제대로 쉬고 있는지' 곰곰이 살펴볼 일이다.

그들이
잃어버린 것

──────── 얼마 전 신문에서 '고속도로 통행료 먹튀' 차량이 급증하고 있다는 기사를 읽었다. 지난해 고속도로 통행료를 미납한 차량이 1,429만 대로 2015년에 비해 30% 가량 늘었고, 미납 액수도 사상 최대 규모라고 한다. '먹튀(먹고 튀다)' 차량이 급증한 원인은 하이패스 차로를 이용하면서 고의로 자동차 번호판을 식별할 수 없게 만든 얌체족이 많아서라고 한다. 그들은 자동차 번호판에 스프레이를 뿌리거나 반사 스티커를 붙여서 카메라가 번호를 식별할 수 없도록 한단다. 아마도 그들은 이런 식으로 통행료를 내지 않고 돈을 아꼈다

고 흐뭇해할지 모르겠다. 그런데 돈을 아낀 것만으로 끝난 것일까? 과연 그들이 손해 보거나 잃은 것은 없을까?

그들의 행위를 짐작해볼 수 있다. 그들은 우선 특수 스프레이나 반사 스티커를 구입해야 한다. 일반적인 경로로는 구입할 수 없으므로 인터넷 등에서 은밀하게 구입할 것이다. 고속도로에 진입하기 전에 차를 세워서 자동차 번호판에 특수 스프레이를 뿌리거나 반사 스티커를 부착한다. 번호판을 가리는 행위는 불법이라 일반 도로에선 이런 상태로 다닐 수 없기 때문이다. 하이패스를 통과해도 혹시 뒤에서 번호판을 본 사람이 사진을 찍어서 신고하지 않을까 찜찜함을 지울 수 없을 것이다. 이런 번잡한 일련의 행동을 하는 이유는 오로지 통행료를 내지 않기 위해서이다.

이들을 보면서 이야기 하나가 떠오른다. 중국 전국시대 제나라에 한 남자가 있었는데 나가기만 하면 술과 고기를 실컷 먹고 돌아왔다. 부인이 "누구와 먹었습니까?"라고 물으면 항상 "부유하고 귀한 사람과 먹었소."라고 대답했다. 부인은 늘 잘 먹고 들어오는 남편이 이상해서 하루는 그의 뒤를 몰래 따라가보았다. 남편은 마을을 이리저리 돌아다녔는데 이야기를 나누는 사람이 한 명도 없었다. 그러다가 변두리에 있는 공동묘지로 가서 제사 지내는 사람들한테 다가가 남은 음식을 구걸하여 먹고, 또 다른 제사 집을 기웃거리는 것이었다.

부인은 이를 보고 '아! 이것이 음식을 실컷 먹는 방법이었단 말인가. 남편은 평생 존경해야 할 사람인데 이런 짓을 하다니.' 탄식하면서 돌아와 가족을 부둥켜안고 울었다. 남편은 그것도 모르고 거들먹거리며 집에 들어오는 것이었다.

《맹자》〈이루〉편에 나오는 이야기다. 2,300년 전 중국의 이야기이지만 오늘과 별로 다르지 않은 듯하다. 맛있는 음식을 먹기 위하여 제사 집에서 구걸하는 짓이나 돈 몇 푼 아끼겠다고 번호판에 번잡한 작업을 하는 행위나 딱하기 짝이 없다. 맹자는 이야기의 끝에 이렇게 일갈한다.

요즘 사람들이 부귀함과 이익을 구하러 다니는데, 부인이 자기 남편이 하는 짓을 실제로 본다면 부끄러워서 가족과 서로 부둥켜안고 울지 않을 사람이 몇이나 있을까?

자신의 행위를 배우자나 자식에게 떳떳하게 보일 수 있는지를 늘 생각하라는 것이다. 맹자의 이 말을 실제 생활에서 윤리적 기준을 세울 수 있는 '부부 테스트'라고 부르는 사람도 있다. 통행료 먹튀 행위를 자식에게 보일 수 있을지 생각하면 이 행위가 얼마나 부끄러운 것인지 알게 된다.

그런데 이런 행위는 윤리보다 더 깊은 문제를 품고 있다. 자신의 정체성과 자기 존중감에 결정적인 상처를 입히는 것이다. 사람이 제대로 살려면 자신에 대한 긍정감과 자부심을 가져야 하는데 이는 능력이나 성공에서 나오는 것이 아니라, 자신을 정직하게 대하고 받아들이는 경험에서 나온다. 사람은 때로 거짓말도 하고 어리석은 행동을 하기도 하지만, 이런 나약함은 자신에게 근본적인 상처를 주지는 않는다. 반면에 계획적으로 하는 거짓 행동은 자기 존중감을 무너뜨려서 결정적인 상처를 입히고, 이렇게 낮아진 자존감은 삶 자체를 불안정하게 만든다.

　통행료를 면탈하는 행위는 큰 범죄가 아닌 것처럼 보이지만, 이런 의미에서 자신의 정체성을 해치는 악에 가까운 것이다. 그들은 무엇을 잃고 있는지도 모른 채 소중한 부분을 값싸게 내버리는 셈이다. 떳떳하고 당당한 마음을 무엇과 비길 수 있을까? 진정으로 귀한 것과 아닌 것을 구별할 줄 아는 지혜에 목이 마른 시대인 듯하다.

샘은 저절로 솟고,
풀은 저절로 자란다

──────── 오래전에 보이스카우트 교본에서 생존수영법이라는 글을 읽은 적이 있다. 수영을 못하는 사람이 물에 빠졌을 때 살아남는 방법에 관한 것인데 내용이 워낙 특이해서 잊지 않고 있었다. 물에 빠지면 '몸에서 힘을 빼고 물결에 몸을 맡기라'는 것이다. 이렇게 하면 몸이 자연스럽게 물에 뜨게 되어 구조될 때까지 떠 있을 수 있다고 한다.

실제 상황에서 이 방법이 과연 효과가 있을까 의심스러웠는데 작년에 실제로 이 방법으로 살아난 사람이 있었다. 수영을 못하는 13세 소년이 바다에 빠졌는데 이 방법으로 18분간 떠 있다가 구조된 것이다. 해양수산부에서는 2018년부터 이 수영법을 학생들에게 가르치고 있기도 하다.

수영을 못하는 나 같은 사람에게는 정말 희소식이 아닐 수 없다. 초등학교 여름방학 때 한강 백사장에서 놀다 물에 빠져 허우적대다가 옆에서 수영하던 어른이 잡아주어서 살아난 적이 있다. 그때 느꼈던 공포감은 지금도 생생하게 기억할 정도로 엄청났다. 아무런 생각도 할 수 없었고 꼴깍꼴깍 물을 먹으며 팔다리를 허우적대기만 하였다. 누구라도 그런 상황에서 몸에서 힘을 뺀다는 것은 불가능할 것이다. 생존수영법은 이럴 때 힘을 빼는 방법을 훈련하여 몸에 익히는 것이다.

몸에서 힘을 빼는 것은 수영뿐 아니라 모든 운동의 기본인 듯하다. 테니스나 골프를 배울 때 가장 자주 듣는 소리가 '힘을 빼라'는 말이다. 힘을 빼야 몸이 유연해지고 제대로 힘을 쓸 수 있기 때문이다. 무대에 서는 가수나 연주자들도 힘을 빼고 긴장을 풀어야 최고의 기량을 보일 수 있고 이를 위한 자기만의 방법을 갖고 있다고 한다. 결국 몸에서 힘을 빼는 태도가 사람의 기량을 결정하는 셈이다.

그리고 보면 힘을 빼는 것이야말로 삶의 원리의 하나라고 하겠다. 삶의 거친 파도가 밀려올 때 이를 이겨내는 방법은 생존수영법처럼 몸에서 힘을 빼고 긴장을 풀어 상황에 맡기는 것 아닐까. 일상생활에서도 긴장을 덜하고 힘을 빼면 훨씬 마음이 편하고 안정되는 것을 누구나 느낄 것이다.

문제는 몸에서 힘을 빼는 것이 결코 쉽지 않다는 데 있다. 날이 갈수록 우리 생활의 긴장도는 더 높아지고 있는 듯하다. 경쟁에 지지 않도록 강해져야 하고, 얕보이면 안 되고, 그럴듯한 성취를 이루어야 한다는 생각이 공기처럼 우리를 둘러싸고 있는 것 아닌가. 힘을 빼기는커녕, 무엇이든 가까이 있는 것은 꽉 움켜잡은 채 놓치지 않으려고 한다. 늘 긴장된 근육, 딱딱하게 뭉쳐 있는 마음, 뼛속까지 쌓인 피로감과 불안감에 시달리고 있는 것이 우리의 모습이다.

영성(靈性)에 관련하여 '신비한 수동성'이라는 말이 있다. 자기가 주체적, 능동적으로 되어 노력하고 애쓰고 활동하는 것이 당연한 삶의 방식으로 받아들여지고 있지만, 삶에서 근본적으로는 수동성이 앞서야 한다는 것이다. 자신이 능동적으로 매사를 처리하고 책임지는 것 같지만, 이는 겉모습일 뿐이고, 삶은 근본적으로 주어지는 것이며, 주어진 구조 안에서 내가 애를 쓰는 것이다. 주어진 환경 속에서 자기에게 다가오는 것, 일어나는 일, 상황에 몸을 맡기고 따라가라는 것이다. 이런 수동성은 순응적, 소극적인 의미가 아니라 근본적 겸손함과 온유함을 따르는 태도를 뜻한다. 생존수영법과 신비한 수동성은 그 원리와 훈련을 통해 익혀야 한다는 점이 똑같다.

이러한 원리를 윌리엄 제임스는 저서《종교적 경험의 다양성》(미국인에게 가장 큰 영향을 끼친 책으로 평가받는다)에서 아래와 같이 설명하였다.

해방의 길은 포기하는 데 있다. 능동성이 아니라 수동성, 긴장이 아니라 이완이 새로운 방식이 되어야 한다. 책임감을 떨치고 잡은 손을 놓아라. 당신의 운명을 당신보다 훨씬 큰 것에 맡기고 결과에 무심해져라. 그리하면 완전한 내면의 평화뿐 아니라, 당신이 잃었다고 생각했던 것들까지도 당신을 찾아오리라. 무언가는 부서져야 한다. 타고난 단단함이 부서지고 녹아야 한다.

그대, 지금 힘든가? 힘을 빼고 흐름에 몸을 맡겨보라. 너무 애쓰지 말고 기꺼이 받아들여라. '샘은 저절로 솟으며, 풀은 저절로 자란다.' 그대도 그렇다.

소소소 진짜 나로 사는 기쁨

小 素 笑

초판 1쇄 발행　2019년 1월 17일
초판 5쇄 발행　2023년 5월 23일

지은이　　　윤재윤
그린이　　　최원석
펴낸이　　　한순 이희섭
펴낸곳　　　(주)도서출판 나무생각
편집　　　　양미애 백모란
디자인　　　박민선
마케팅　　　이재석
출판등록　　1999년 8월 19일 제1999-000112호
주소　　　　서울특별시 마포구 월드컵로 70-4(서교동) 1F
전화　　　　02)334-3339, 3308, 3361
팩스　　　　02)334-3318
이메일　　　book@namubook.co.kr
홈페이지　　www.namubook.co.kr
블로그　　　blog.naver.com/tree3339

ISBN 979-11-6218-051-8 03810

이 도서의 국립중앙도서관 출판예정도서목록(CIP)은 서지정보유통지원시스템 홈페이
지(http://seoji.nl.go.kr)와 국가자료공동목록시스템(http://www.nl.go.kr/kolisnet)에서
이용하실 수 있습니다. (CIP제어번호: CIP2018042422)